W0385689

btb

Aus Freude am Lesen

btb

Buch

Lag es am Neuschnee und am unmäßigen Alkoholkonsum, daß die Jury der ostdeutschen Provinz zum ersten Mal einen westdeutschen Schriftsteller zum Stadtsschreiber gemacht hat? Aber der tritt sein Amt nicht an. Stattdessen kommt seine Frau. Eine stolze Person mit einem kleinen Hund. Und die Erzählerin, die die Döner-Bude bedient, weil sie für einen Job in der Kulturstiftung überqualifiziert ist – sprich: nicht hübsch genug – verfolgt mit ihrer Freundin, die für diesen Job hübsch genug war, die Autorenehefrau. Und entdeckt ganz allmählich die Geschichte einer traurigen Liebe.

Sechs Geschichten, sechs Schicksale, sechs Menschen – sie beginnen, »ihr Leben zu betrachten, wie man einen langen Regentag betrachtet, die Ellenbogen auf dem Fensterbrett«. Ob sie die schnellen erotischen Erlebnisse eines Verlagsvertreters mit seinen Buchhändlerinnen beschreibt oder das Schwanken einer Frau zwischen dem jugendlichen Liebhaber und dem Mann, der sie verlassen hat – Judith Kuckart formt alltägliche Begegnungen zu beklemmend nachvollziehbaren Geschichten.

Autorin

Judith Kuckart, geboren in Schwelm (Westfalen), lebt nach dem Studium der Literatur- und Theaterwissenschaften und einer Tanzausbildung als Autorin und Regisseurin in Zürich und Berlin. Neben Theaterstücken erschienen von ihr u. a. die Romane »Die schöne Frau«, »Der Bibliothekar« und »Lenas Liebe«. Judith Kuckart wurde u. a. mit dem »Rauriser Literaturpreis« und dem »Stipendium der Villa Massimo« ausgezeichnet.

Judith Kuckart

Die Autorenwitwe

Erzählungen

btb

FSC
Mixed Sources
Product group from well-managed
forests and other controlled sources

Cert no. GFA-COC-1223
www.fsc.org
© 1996 Forest Stewardship Council

Verlagsgruppe Random House FSC-DEU-0100
Das für dieses Buch verwendete FSC-zertifizierte Papier *Munken Print* liefert Arctic Paper Munkedals AB, Schweden.

1. Auflage
Genehmigte Taschenbuchausgabe Dezember 2006,

Umschlaggestaltung: Design Team München
Umschlagphoto: Andreas Weiss
Satz: Greiner & Reichel, Köln
Druck und Einband: Clausen & Bosse, Leck
MM · Herstellung: AW
Printed in Germany
ISBN-10: 3-442-73567-X
ISBN-13: 978-3-442-73567-9

www.btb-verlag.de

Für S.

Die Autorenwitwe

Sie kam am Nachmittag an, und sie ging in glänzenden dünnen Strümpfen auf die Imbißbude zu. Die Luft war nur Kälte und Trockenheit, noch keine Pflanze zu sehen. Sie trug an jeder Hand einen braunen Lederkoffer und um das Gelenk eine Hundeleine. Der Hund war schwarz, zerzaust und nicht mehr jung. Vor unserer Bude ließ sie die Koffer fallen und bestellte Currywurst mit Darm und Schrippe, für sich und den Hund. Sie teilten sich eine Portion, ihre Nase und seine Schnauze der Abendsonne zugewandt. Die Sonne ging drüben am anderen Seeufer unter, und ihr Licht brach sich sicher violett in den Scheiben vom Schloß. Ich weiß, wie das Ende eines Tages in Rheinsberg aussieht. Ein Omnibus lud Tagestouristen ein. Rentner mit nassen Schuhen sammelten sich vor dem Kavaliershaus gegenüber unserer Imbißbude. Parterre sind im roten Kavaliershaus das Tourismusbüro und, nach hinten raus, unsere Stadtschreiber auf Zeit untergebracht. Eigentlich hat die Wohnung Blick zum See, doch stellen sich ein Parkplatz, Papiercontainer sowie bei schönem und bei schlechtem Wetter die Wäsche der Hausmeisterin vor die Aussicht.

Die Frau kaute ihre Wurst so langsam, als wolle sie warten, bis alle Touristen wieder in den Bus eingestiegen waren. Mit dem letzten Bissen wandte sie mir das Gesicht zu. Jung konnte sie nicht mehr sein, wenn auch die Kälte ihre Haut straffte. Die Augen waren sehr blau, und der Ton übertrug sich auf die Haut. Sie schimmerte ebenfalls blau, winterblau. Die Wangen zogen an den Mundwinkeln. Ich wußte nicht, ob die Frau Kummer hatte oder ob Müdigkeit bei ihr wie Kummer aussah.

»Ich komme aus Berlin«, sagte sie. »Wissen Sie, wo ich den Leiter der Stiftung finde?«

Berlin ist zwei Stunden, aber für die meisten aus Rheinsberg ein ganzes Leben von hier entfernt.

»Da«, ich wies mit der Hand Richtung Schloß, öffnete dabei die Handfläche nach oben, als hätte ich etwas anzubieten. Ob die Fensterscheiben im Schloß inzwischen dunkelgrau waren? Sie sah mich an, und ihre Augen ähnelten den Hälsen junger Tiere, wenn sie sie neugierig recken.

Was du alles siehst, hätte Wibke dazu gesagt.

Kein Wunder, hätte ich geantwortet, schließlich bin ich mal Filmvorführerin gewesen, und da hat man eine Menge gesehen.

Vom Leben?

Auch vom Leben.

Ich beugte mich vor. In der Bewegung stieg mir der Geruch meiner Haare, Pommes und Fett, in die Nase.

»Die Stiftung ist im Schloß«, sagte ich. Die Frau warf dem Hund den Pappteller hin. Er leckte die warme Ketchup-Tunke, und wir, sie und ich, sahen zu. Gerade wollte er sich setzen, da sagte sie zärtlich: »Komm, Doktor«, griff nach den Koffern und zog an der Leine und den Hund mit sich fort. Ich sah sie von hinten. Sie ging. Kurze warme Jacke, schmaler Rock, feine Kniekehlen, und die Beine wirkten jünger als der Rest Frau, unbeschädigter, fest, mädchenhaft. Ihr Schritt war entschlossen, aber so betont entschlossen, als hätte sie getrunken. Der große Hund lief schräg, ein wenig mißtrauisch neben ihr. Es war Anfang Februar, und die Nacht kam vor fünf Uhr. Das Schloß schien in der Dämmerung zu verschwinden, während sie darauf zuging. Menschen mit Schlittschuhen über der Schulter liefen der Frau und dem Hund entgegen.

»Schönes Wochenende, oder bleiben Sie länger«, rief ich, als die Entfernung fast zu groß geworden war. Schönes Wochenende, wiederholte ich, aber lauter, drückte die Hand gegen den Bauch, um meiner Stimme zu helfen. Da drehte sie den Kopf, dann den Körper hinterher. Das Ende ihrer Bewegung veränderte die Umgebung, machte die Straße zur Bühne, das Schloß zur Kulisse, die Schlittschuhläufer zu Statisten. Etwas sprang von ihr weg und die Umgebung an. Mich auch.

Ein Schlittschuhläufer in einem fluoreszierenden gelben Overall aus dem Quellekatalog trat an meine Bude und zündete sich eine Zigarette an.

Die Frau aber sagte etwas über die Entfernung hinweg.

»Sechs«, las ich von ihren Lippen. Sie hatte einen großen Mund. Der stach geschminkt aus dem ungeschminkten Gesicht.

»Noch mal«, signalisierte ich durch ein Achselzucken.

»Die meint: sechs Monate«, sagte der Schlittschuhläufer mit der Zigarette zwischen dicken Handschuhfingern. »Die ist schon wieder so eine. Die hab ich vorhin am Bahnhof gesehen. Hat ein Foto im Automaten gemacht, von sich und dem Riesenhund. Den hatte sie auf dem Schoß dabei.«

Sie hieß Olga mit Vornamen. Das hatte sie gleich gesagt. Olga Stosskopf.

Wibke, die als Aushilfe in der Stiftung arbeitet, hatte es mitgehört. Der Leiter der Stiftung hatte sich über das Handgelenk von Olga Stosskopf gebeugt und die Hundeleine spät erst gesehen. Er hatte die Schlaufe den Arm hinaufgeschoben und ihre Hand geküßt, mit spitzen Lippen. Gnädige Frau, soll er gesagt haben, ich weiß, Sie sind seit vielen Jahren die, die …

Genau die, soll sie gesagt und dabei genickt haben. Wibke war dabei.

Wibke findet, seitdem sie aus der Schule ist, nichts im Leben, nichts rechts und nichts links. Doch der Leiter der Stiftung fand sie hübsch und gab ihr einen Aushilfsjob im kleinen Stiftungsmuseum. Seitdem putzt sie Glasvitrinen, tippt alte Karteikarten in einen alten Computer und steht mit Bohrmaschine und Minirock auf der Klappleiter, wenn Ausstellungen wechseln. Einmal habe ich mich auch beworben, aber der Leiter fand mich überqualifiziert, das heißt: nicht hübsch genug. Behauptete wenigstens Wibke.

Sie sei für ihren Mann gekommen, soll Olga Stosskopf gesagt haben. Für Oskar Stosskopf.

Das habe er sich schon gedacht. Der Leiter der Stiftung soll verlegen und deshalb barsch meine Wibke gefragt haben, ob sie die Wohnungsschlüssel vom Kavaliershaus griffbreit habe.

Wibke nickte viel und freundlich und eifrig, aber Olga Stosskopf soll auf niemanden geachtet, sondern einen Unterschenkel nach hinten angewinkelt haben, um mit einem kritischen Blick über die Schulter den linken Absatz zu mustern. Der hatte gelitten auf dem Weg vom Bahnhof zum Schloß. Denn auf den Straßen von Rheinsberg liegt immer noch Kopfsteinpflaster.

Später kamen sie zu dritt an unserer Bude vorbei. Ich sage »unsere«, auch wenn ich zur Zeit allein bediene.

Wibke, Olga Stosskopf und der Leiter der Stiftung kamen vorbei, und es war schon ganz dunkel. Ich schnitt Zwiebeln für Schaschlikspieße. Der Leiter der Stiftung trug die Koffer, Olga führte den Hund, und so zu dritt liefen sie hinter Wibke her, die mit den Schlüsseln der Stadtschreiberwohnung klimperte, als ginge sie mit tiefem Dekolleté auf den Tresen einer Hotelbar zu. Einfach filmschön. Davon verstehe ich etwas, weil ich doch vor '89 Filmvorführerin in Berlin war, in Friedrichshain. Am liebsten habe ich Schwarzweiß-Produktionen aus Frankreich vorgeführt. Das waren Bilder, da oben auf der Leinwand! Und das war eine Sehnsucht, da unten im dunklen Saal, wenn uns die Bilder über das Gesicht liefen und wir einfach mit- und davonliefen, nach Paris, außer Atem vor lauter Liebe, das Haar kurz und frech wie die schöne Schauspielerin, die mit amerikanischem Akzent und in flachen Ballerinaschuhen zwischen den Autos Zeitungen verkaufte. Heute habe ich manchmal Sehnsucht nach dieser alten Sehnsucht. Wibke nie, sie weiß nicht, was sie tut, sie nimmt, was kommt, läßt es durch sich hindurch, nichts bleibt hängen. Ich nenne sie die weiße Wibke.

Als sie an jenem Freitagabend zu dritt mit Hund vorbeikamen, stellte ich mich vor die Bude und gähnte. Die Glocken läuteten den Abend ein. Die Jungens vom Ort fuhren wie jeden Abend ihre Runden und niemals fort. Zwei Elstern beschimpften sich im Baum vor dem roten Kavaliershaus. Wibke schloß auf. Olga Stosskopf senkte den Kopf, als der Schlüssel sich zweimal drehte. Über ihrem blonden Haar sah ich Wibkes Profil und daß sie aus den Augenwinkeln blaß und breit und gleichmütig zu mir herübersah. Alle standen sie mit dem Rücken zu mir, auch der Hund. Ich dachte, so bleibt es für immer.

Am Ellenbogen führte der Leiter der Stiftung Olga

Stosskopf über die Schwelle. Wibke und Hund folgten, die Koffer ließen sie draußen allein. Dann kam der Leiter zurück, in seinen Lederhosen, wie immer in seinen krachledernen Hosen, ein Kumpel den Männern, und wenn es drauf ankommt, den Frauen ein Hecht. Er ist nicht von hier, er ist aus dem Westen, der Krachlederne.

Hoffnungslos sei das mit diesem Kerl, sagte Wibke fünf Minuten später, als sie herüber und Wurst essen kam. Er habe diese Olga Stosskopf zum Abschied gewarnt mit gesenkter Stimme; nachts sei es hier ungewöhnlich dunkel, soll er gesagt haben. Wibke zog ein Zeitungsbild aus der Jackentasche und hielt es mir unter die Nase.

»Der Stosskopf sieht gar nicht so aus, als würde er auf dem Rathaus arbeiten«, sagte sie.

»Wieso auf dem Rathaus?«

»Na, als Stadtschreiber.« Wibke kicherte.

Ich fand den Witz blöd und schluckte. Ich fand Wibke so blöd wie den Witz in dem Moment. Lebten wir uns auseinander? Dafür war Rheinsberg eigentlich zu klein.

Wibke stieß die Wurst in den Ketchup und zog die Schultern dabei hoch.

»Und dunkle Straßen sind bei der doch egal. Die ist doch schon alt.«

Sie zog die Schultern höher, höher noch als im letzten Jahr, denn das Alter sitzt auch ihr im Nacken.

Der Stosskopf habe Verpflichtungen in Portugal, Südkorea, und manchmal in Münster und Bielefeld, und solange er Verpflichtungen habe, vertrete sie, die Stossköpfin, ihn. Wibke verstellte die Stimme, während sie sprach. Jeder Vokal bekam einen Goldrahmen und tönte schlecht, aber wie Bühne.

Kläglich kam mir die Geschichte vor. Dieser Oskar war für Olga eine Niederlage.

»Traurig«, sagte ich.

»Besser traurig als unglücklich«, sagte Wibke, »traurig kann man leben, unglücklich ist Scheiße.«

Wir schwiegen. Als hätte unser Schweigen sie gerufen, trat die Frau vor die Tür, in ihrem engen Rock, darüber die kurze Jacke. Aber derbe Schuhe hatte sie an. Ihre Beine wuchsen unanständig und fleischfarben aus dicken Wanderschuhen und hatten nichts mit der Februarkälte zu tun. Sie stellte sich in den Kegel einer Straßenlaterne, sagte etwas zum Hund, und beide schauten herüber. Sie kam mir dabei so spanisch oder kubanisch vor, fremd und trotzdem blond. Hätte ich sie nicht bereits sprechen gehört, ich hätte jenem Gesicht da drüben eine Stimme angesehen, die seit acht Jahren nach sechs Kindern und deren fünf Vätern aus dem Fenster ruft und längst die leeren Chipstüten im Vorgarten übersieht.

Olga Stosskopf aber schaute nur, herrisch das Kinn und Mißbilligung in den Mundwinkeln.

Sie blieb. War nun wie immer da, während er nicht kam. Olga Stosskopf kam, um ihren Mann zu entschuldigen. Der komme später. Bald, morgen schon. Wir glaubten es ihr, denn sie glaubte es sich selbst. Wir warteten auf ihn, den Autor, und nannten sie die Autorenwitwe. Oder nannten wir unser Warten so? Ihr Mann war ein bekannter Schriftsteller, der erste aus dem Westen, der die Auszeichnung als Stadtschreiber vom Schloß bekam. Seine fünf Vorgänger waren von hier, aus dem Osten gewesen. Wie sich das gehört. Die Jury hatte, im Fall Stosskopf, so erzählte der ortsansässige Dichter Lieder dem Kastellan Kerner und anderen, die hatte getrunken, als die Entscheidung an einem Donnerstagabend für den ersten Westler fiel. Es hatte damals geschneit gegen Mitternacht.

Manche sagten, der erste Schnee sei schuld an der Entscheidung gewesen. Neuschnee mache die Menschen verrückt.

Sie machte ihre Einkäufe, manchmal ausdrücklich für zwei, in den wenigen Geschäften, die seit der Wende noch nicht geschlossen hatten, lobte die selbstgemachte Marmelade beim Bäcker, sie trank mittags ihr Bier am Fenster vom Ratskeller, mit Blick auf das Schloß, und winkte nach dem dritten Glas jedem Bus, sie ging um den See, nie auf das Eis, sie ging nie weiter als bis zum Obelisken, der dem Schloßportal lotrecht gegenüber liegt, dort denkt jeder, es spricht jemand gleich neben ihm, aber die Stimmen sprechen auf der anderen Seite des Wassers. Bis zum Obelisken zog die Frau den Hund, zurück zog der Hund die Frau. Sie hatte morgens dunkle Ringe um die Augen und eine dicke Schicht Nivea-Creme aufgetragen, eine Schicht, die sie auf offener Straße erneuerte, sie aß Fertiggerichte, das lasen wir aus dem Müll, wir lasen auch aus den leeren Weinflaschen, manchmal ging sie abends in die Hotelbar vom Seehof oder vom Deutschen Haus, der Hund immer dabei, sie trank und schwieg. Ihr Schweigen machte anderen den Raum unbehaglich. So fragte einer einmal, warum sie nicht rede. Sie sagte, Zuhören sei gefährlicher. Der Hund knurrte unter dem Tisch im Halbschlaf. Dann sagte sie immer wieder *mein Mann* oder *nein Mann*, sie war nicht immer gut zu verstehen, und der Hund richtete sich auf, legte die rechte Pfote auf ihr Knie, um sie zu beruhigen, in aller Öffentlichkeit. Olga Stosskopf kam her, um uns auf die Ankunft von Oskar Stosskopf vorzubereiten. Sie tat es mit solcher Inbrunst, daß auch wir täglich mit ihm rechnen durften. Sie sagte, seine Arbeit mache ihn eben frei, und sie fühle sich wohl dabei.

Die Wohnung war mit einem Fax ausgestattet. Solange

sie sich in der Stadtschreiberwohnung aufhielt, die für ihren Mann hergerichtet worden war, hielt sie sich in ihrer Ehe auf. Seine Abwesenheit verriet ihr seine Anwesenheit, wenn auch eine Anwesenheit anderswo. Sie erinnerte sich wohl noch genau daran, wie er das erste Mal mit einem fremden fiesen Geruch am Leib zu ihr ins Bett gefallen war. Er hatte nicht geduscht. Das hätte zuviel Lärm gemacht. Da mußte es begonnen haben, mit dem sturen Weiterlieben. Wir, Wibke und ich, stellten uns vor, wie sie daraufhin zu trinken begann. Immer mit Haltung. Doch die Frau ist ein kleineres Gefäß als der Mann. Wir stellten uns ihr Gesicht über einem Glas Wein vor, müde von zuviel Schlaf, der Hund vor dem Fernseher dösend, drei Beine auf den Holzbohlen der Stadtschreiberwohnung von sich gestreckt und eine Pfote unter die Schnauze gelegt, sie beobachtet seine Atembewegungen, wie sein Herz schlägt, und ihr ist das Herz ein Frosch im Hals, und vor dem Fenster fährt ein letztes Auto vom Hof, der Blick ist danach frei bis hinunter zum See, aber sie schaut nicht nach draußen, sie faßt den Raum eng, vor allem abends und hinter weißen Läden, sie richtet sich ein am Tisch von Fernsehfamilien, nimmt Teil an deren behaglicheren Problemen, empfängt die Gäste der Talkshows, redet mit, matt, still, denken wir uns, so ist sie nicht allein, hat den Hund und die Kraft, von der das meiste in die Haare geht, und sie hat einen Mann, der immer nur glänzt in ihrem Leben. Durch Abwesenheit.

Sie lebte einen ihrer Einsamkeit angemessenen Unsinn.

Der Apotheker Mendel soll ja mit ihr im gleichen Zug gefahren sein, an dem Tag, an dem sie kam. Der Apotheker Mendel fährt oft nach Berlin. Die einen sagen, er habe dort eine alte Tante, die anderen sagen, nein, er habe dort eine junge Frau. Manche meinen, er habe nur Mieteinnahmen, die er am Monatsanfang bar in einem Haus in Berlin Mitte eintreibe. Er soll mit ihr im Waggon gesessen haben, gegen halb drei am Nachmittag. Sie setzte sich in seine Nähe, denn er roch nicht wie die anderen Männer neben ihr, nach dem ungewaschenen Freitag vor dem Wochenende. Schweigend schauten sie aus dem Fenster, von Frühling noch keine Spur. In Löwenberg beim Bahnhofsgärtchen saßen Gänse dicht beieinander, und eine, die allein war, drückte sich gegen den bunten Eisenzaun zum Bahnsteig. VEB Sehnsucht, soll Olga gemurmelt haben. Und Mendel, der das hörte, befiel eine seltsame Ahnung. Die kann bestimmt schreiben. Später dann, kurz vor Lindow, verfolgten sie mit unterschiedlichem Blick zwei Jungens in grünen Fliegerjacken, wie sie auf einem Feldweg froren und rauchten, ausgesetzt an vertrautem Ort. In Olgas Blick Neugier, in Mendels Blick Wegschauen. In Lindow dann pickten schwarze Hühner im schmutzigen Schnee, und auf einer Hundehütte hatte jemand, der jung und voller erfüllbarer Träume sein mußte, eine wohnliche Gruppe aus Autositzen eingerichtet. Sie soll den Hund angeschaut und gesagt haben: »Doktor, möchtest du auch so ein Wohnzimmer auf dem Dach deiner Hütte?« Da flogen zwei große Vögel vorbei. Die hielt sie gleich für Störche, und Mendel schüttelte den Kopf.

»Doch nicht um diese Zeit, gnädige Frau, nicht um diese Zeit.« Aber sie soll nicht auf ihn eingegangen sein, soll gleich dieses gewisse Gesicht gemacht haben, in dem stand: Danke, ich tanze nur mit meinem Mann.

Als der Zug einfuhr, puderte sie sich die Nase. Keiner holte sie ab. Auf dem Bahnhofsvorplatz stand ein rothaariges Mädchen neben einem blauen Trabant. Sonst niemand. Unsicher ging sie auf das Mädchen zu. Die Tochter des Bäckers, wußte Mendel. Der Hund soll versuchsweise mit dem Schwanz gewedelt haben. Keine Reaktion. Da riß der Hund sich los, lief auf die Fahrbahn zu, wohl um einem Taxi zu winken, mit dem Schwanz, drehte aber am Bordstein um, trabte zurück über den Bahnhofsvorplatz, Kopfsteinpflaster, überholte Mendel, der gerade den Bus besteigen wollte, legte eine Pfote auf die unterste Stufe des Einstiegs und lächelte ein Hundelächeln.

»Na, Struppi, oder Puppi oder Flokati«, sagte der Busfahrer. Da schüttelte sich der Hund und rannte schräg, aber erst nach zwei Drehungen um sich selbst auf den Fotofixautomaten zu, im Windschatten der Bahnhofsgaststätte *Zur Tränke*. In diesem Augenblick ging die defekte Leuchtschrift *Zur -ränke* an, und der Wirt, mit Spuren seiner Speisekarte auf der weißen Schürze, rieb sich im Türrahmen den Bauch. Mendel, im Bus, sah, die Frau folgte dem Hund, suchte im Gehen noch loses Geld aus der Jackentasche, zog schon die Gardine am Automaten beiseite, drehte den Sitz höher, lockte den Hund zu sich herein und riß die graue Gardine zu. Es blitzte. Die Koffer standen allein auf dem Bahnhofsvorplatz. Es blitzte wieder. 16.07 Uhr. Der Zug pfiff, fuhr an. Es war noch nicht der letzte nach Berlin. Die rothaarige Bäckerstochter trat gegen den Vorderreifen ihres blauen Trabanten, bevor sie einstieg.

Der Bahnhofsvorplatz war leer. Schnee fiel nicht. Aus dem Fotofix schauten unterhalb der Gardine zwei Frauenbeine und ein Hundeschwanz hervor.

Wir, Wibke und ich, gehen dreimal die Woche im Partyservice essen und bestellen meistens Spaghetti mit Gulasch. Die Spaghetti sind kleingeschnitten und nicht ganz richtig.

»Nicht al dente«, wiederhole ich oft und halte dabei einen Nudelstummel hoch und gegen das Licht. Wibke zündet unter dem Neonlicht eine Kerze an, fühlt sich wohl und muß nicht reagieren.

Aber an ebendem Donnerstag zählte sie die roten Flyer neben ihrem Teller. Mit denen lief sie schon die ganze Woche im Auftrag des Krachledernen herum.

28.2., 14.00 Uhr, Donnerstagsakademie
Seepromenade 11
Lesung: Oskar Stosskopf, Stadtschreiber
Es liest: Olga Stosskopf

Als wir aufbrachen, warf Wibke die restlichen Einladungen in den Schirmständer bei der Tür, während ich bezahlte. Auf dem Weg zur Lesung schlossen Gehbauer und Lieder sich uns an.

Mittägliches Ruhen in den Straßen. Nur ein einzelnes Schulkind mit schmuddeligem Plastiktornister wechselte die Straßenseite, als es uns kommen sah. Der Junge war grau wie die Wand, gegen die er täglich lief. Er rauchte, war vielleicht elf, aber sicher von hier. In drei Jahren würde er Pickel, einen noch breiteren Kopf, das erste Mädchen und keine Arbeit haben, aber eine Entscheidung fürs Leben mit viel Bier treffen.

Plötzlich redete Lieder ungefragt über die Hochhäuser New Yorks und über jene Indianer und Iren, die sie gebaut hatten, freihändig, barfüßig, unangeseilt.

»Also reden Sie von Ihrer eigenen Höhenangst«, sagte Gehbauer, der immer so seine Schlüsse zieht. Wir nickten alle vier, und ich fügte hinzu, daß Frauen weniger Höhenangst hätten als Männer. Da nickte keiner. So kamen wir an.

Das Haus der Donnerstagsakademie liegt in einem müden, ungekämmten Garten. Fünf Schritte weiter hört die Stadt auf, und die Autos schalten in einen höheren Gang. Vor der Wende stand neben der Akademie eine Telefonzelle. Im Volksmund die letzte Telefonzelle vor Polen. Im Winter hing in der Zelle ein Schild »Alles Gute bis zum Frühjahr. Ihre Post.« Der Apparat war zwischen Oktober und April ausgebaut worden, und abgekniffene Kabel stachen in die Luft.

Wir gingen die Holztreppe zur Akademie hinauf, Gehbauer hielt uns die Tür auf. Im Flur roch es nach Essen und alten Schuhen. In einem großen Zimmer mit angrenzendem Wintergarten saßen drei Dutzend ältere Frauen und ein Mann. Der Mann hatte nur noch einen Arm und auch den nur noch halb. Die beiden dicksten Frauen verteilten weiße Kaffeetassen und ließen Thermoskannen kreisen. Ein Stuhl war noch frei. Davor die Wasserflasche, das Glas und das Blumengesteck hatten die Wirkung von Scheinwerferlicht. Keiner mochte sich dorthin setzen. Ich lehnte mich gegen die Wand bei der Tür, die anderen drei gingen noch einmal hinaus, um zu rauchen. Der einzige Mann im Raum trank den heißen Kaffee mit Strohhalm. Ich hörte Wibke bei der Garderobe lachen. Oft, wenn ihr Lachen nicht mir gilt, denke ich, sie sollte Schauspielerin werden, bevor es zu spät ist.

Es wurde zehn nach zwei, zwanzig nach zwei, Tassen und Kannen leerten sich und wurden immer unwilliger abgestellt. Ich, mit dem Kopf an der Wand, hörte nebenan jemanden telefonieren, sich schneuzen, hörte ein Seufzen. Dann kam Wibke herein, im Mantel und meinen über dem Arm.

»Komm.«

»Was ist?«

»Ich sage, komm. Die kommt nicht.«

Der freie Stuhl wurde ein leerer Stuhl, und über dem

Arrangement aus Flasche, Glas und Blumengesteck fuhr der Scheinwerfer für die Autorenwitwe herunter. Als wir durch den Garten zurück zur Straße gingen, zeigte Gehbauer auf einen Gartenzwerg. Er war ausgeblichen und zwischen den Beinen auf einen Stock gespießt.

»Daher das Wort *spießig?*« fragte Lieder und hatte für die kommende Nacht eine Gedichtzeile im Kopf, die er aufschreiben würde, während die Ehefrau neben ihm bereits schlief.

Lieder ist Dichter und lebt seit Jahren freiwillig hier. Gehbauer, der Schuldirektor, ist einer seiner Freunde. Eigentlich sind sie zu viert, Mendel, der Apotheker, und Kerner, der Kastellan vom Schloß, gehören noch dazu. Manche nennen sie das Ochsenfurter Männerquartett. Immer Donnerstag abends essen sie zusammen Pizza in der neuen Einkaufspassage an der Berliner Straße.

Ich weiß nicht, warum. Aber ich ging an jenem Nachmittag nicht zurück zur Imbißbude. Ich ging daran vorbei, wischte mit einem Tempotuch einen Vogelschiß vom Tresen und nahm den Weg hinunter zum See. An den See gehen, das tut keiner von hier mehr. Es sei denn, man hat Besuch aus Berlin oder die Kinder wollen angeln, schwimmen, Schwäne ärgern, Schlittschuh laufen. Keiner von hier weiß mehr, wie schön er wohnt. Wie der See singt, unter dem Eis, wie er stöhnt, wenn er taut. Ich ging zum See, wegen ihr.

Ich rede wenig über mich, aber denke mir einiges über andere aus, bis ich auch eine andere bin. Ich ging hinunter zum See und zitterte ein wenig. Mehr noch. Ich sagte mir, ich weiß, wie es alles enden wird. Warum? Ganz einfach, manchmal erzähle ich mir die Dinge, bevor sie geschehen. Und so mache ich mir und den Dingen vieles leichter.

Sie kam mir mit dem Hund entgegen. Der Hund zog, sie folgte. Sie ging schräg, als hätte sie Gegenwind. Ich sah sie genau an, und auch mein Gang veränderte sich. Hängt das Äußere eines Menschen davon ab, wer sich ihm genähert, wer ihn verlassen hat? Ist ein Mensch das Abbild des Interesses, das andere an ihm haben?

»Hallo.«

Da stieß Doktor gegen meine Hand, und ich fragte nicht nach der verpaßten Lesung.

»Sie sind die erste Frau aus dem Westen, die nicht immer super sagt«, sagte ich statt dessen, »Superantwort, Superteil, Superreise, Supertyp, Superrezept, alles super, supergeil.«

Ich tat, als hätte ich schon oft mit ihr gesprochen. Hatte ich aber nicht. Sie nickte. So behaupteten wir beide, uns zu kennen. Am Ufer saß ein Schwan ohne seine Frau, und im Park löste ein Gärtner die Holzverschläge von den barocken Gartenstatuen. Ich fragte immer noch nicht, warum sie nicht zur Lesung gekommen war.

Als hätte sie meine Gedanken gelesen, sagte sie, sie habe gleich nach dem Mittagessen Besuch gehabt. Sie nickte, so kam das Sprechen leichter in Gang.

Ja, es hatte geklopft an ihrer Stadtschreiberwohnung, sie habe sich schnell ein Hemd übergezogen. Draußen stand ein Junge, der ging ihr bis zur Hüfte. Sagte: Bist du allein? Ja, sagte sie. Sagte: Hast du Kinder? Nicht mehr, sagte sie. Da sah er sie erstaunt an, denn Kinder hatte man seiner Erfahrung nach ein Leben lang.

Strenger fragte er: Hast du einen Mann?, als hätte sie den auch aus Nachlässigkeit im Straßenverkehr verloren.

Ja, sagte sie.

Wo ist der denn?

In Berlin. Er kommt heute nacht noch zurück.

Gut, sagte er, dann bist du ja nicht ganz allein.

Er ging an ihr vorbei, ließ sie an der Tür stehen, schaute ins Bad, in die Küche und suchte da wie dort das Wohnzimmer. Er trug einen Sturzhelm für das Fahrrad, den hatte er beim Betreten der Wohnung abgenommen. Sie sagte, es gibt kein Wohnzimmer, es gibt nur ein Zimmer.

Er sagte: Schöne Haare hast du. Bist du morgen noch hier?

Sie nickte.

Gut, dann komm ich morgen wieder, sagte er, setzte seinen Helm auf und ging.

Olga Stosskopf sah gerührt aus. Ich schaute in die Februarsonne.

»Was ist denn mit Ihrem Mann?«

»Was soll da sein?« Sie fuhr mit einer knappen Bewegung zwischen ihre Beine und schloß vorn an ihrem Rock einen Reißverschluß, den es nicht gab.

Ich sah sie an.

Sie würden ihm am liebsten die Hose zunähen?

Sie sagen es.

Beide hatten wir nichts gesagt.

Wir machten kehrt und gingen den Weg zum Obelisken, den sie für heute schon hinter sich hatte, noch einmal. Der Hund ließ sich mitziehen.

Es habe damit begonnen, begann sie, daß Oskar bereits aß, wenn sie, Olga, noch nichts auf dem Teller hatte. Sogar bei Kuchen und belegten Broten, die nicht kalt wurden, stand er zu oft mit dem Bauch vor dem Kühlschrank und erledigte das Essen. An einem Sonntagnachmittag hatte er in einem Wiener Café vor einer Lesung endgültig, aber zu Klavierbegleitung, ihre Gemeinschaft aufgekündigt. Er hatte nur gekaut und nicht mehr aufgeschaut. Das war im März vor zehn Jahren gewesen.

»Und davor?«

»Davor? Immer wie beim ersten Mal«, sagte sie.

»Und danach?«

»Danach war alles anders.«

»Und dazwischen?«

»Man findet dies, man findet das, erschrickt. Man sucht weiter.«

»Wo?«

»Im Schreibtisch, wenn er auf Lesereise ist, oder«, sie warf dem Hund einen mächtigen Stock in die Luft, »oder man vermißt eine Krawatte im Schrank, die hat er ausgelassen, aber bringt sie wieder zurück, beim nächsten Mal, mit einem Gesicht, hundekuchengut, sage ich Ihnen, hundekuchengut, oder im Auto hängt plötzlich ein Talisman, ein albernes Bärchen, Püppchen am Innenspiegel, und eine Woche später fährt er weg, ohne seinen Schlafanzug mitzunehmen. Man fragt nach, denn es ist Januar. Er behauptet, er schlafe nackt, neuerdings ...«

»Allerdings, das ist aber ...«, sagte ich.

Sie nickte.

Da kam ein Mann mit Bierdose aus dem Wald, und wir schwiegen. Der Mann ging vorbei, ein Fremder mit roter Nase und roten Adern auf den Wangen. Wir setzten uns auf eine Bank, aber auf deren äußerste Kante, denn es war kalt. In unserem Rücken lag der Boberowwald, an unseren Fußspitzen leckte fast der See. Wald und Wasser trennte der Poetensteg, den einmal Tucholsky und Fontane entlanggewandert waren, um grüne Einsamkeit zu sammeln für die Einsamkeit am Schreibtisch daheim. Sammelte Olga Eindrücke für Oskar, und er machte daraus ein Buch? Erzählte sie ihm alles? Was alles? Nicht nur die Farbe Grün? War es ihr Ton, von dem seine Bücher lebten? War sie die Welt in seinem Schreiben? Sammelte sie Sätze vom

Waldweg auf, aus dem Sand am See, und der Hund half ihr, die Beute nach Hause zu tragen? Das Schloß, eingerüstet bis zum Hals seit November, dazu der kahle kalte Park, lockte das alles als Kulisse für eine Erzählung?

Wir saßen und schwiegen. Irgendwie peinlich, wenn man sich nicht gut kennt.

In diesem Moment krähte vom Hafen her eine Stimme über den See, erklärte einer anderen Stimme, was für den Tag am Steg noch zu tun übrig blieb.

»Wissen Sie nicht ein günstiges Grundstück für mich?« Die Antwort ging im Wind unter.

Seine Stimme am Telefon sei nicht schön gewesen, sagte Olga Stosskopf da. Ich sah sie von der Seite an.

Aber sein Lachen, Oskars Lachen sei das von einem gewesen, der große Hände hat, gut Auto fährt und ein hingebungsvoller Liebhaber ist. Ja, sagte sie, sie hatte an jenem Abend den Hörer in der einen Hand gehabt, und mit der anderen die oberen beiden Knöpfe ihrer Bluse geöffnet. Sie waren zufällig, also falsch verbunden gewesen. Er hatte sich verwählt, und sie hatte sich sein Lachen in den Ausschnitt laufen lassen. Falsch verbunden, hatte sie gesagt und das Gegenteil gemeint. Nach einem kurzen Flirt hatte er als erster aufgelegt. Sie hatte drei Whisky getrunken, um sein Lachen festzuhalten. Danach hatte sie leise, leise versucht, auch so zu lachen, mit geschlossenen Augen neben sich zu lachen. Wie er. So hatte es angefangen. Aber dann sei eine Woche vergangen. Oder zwei? Sie hatte versucht, die Geschichte zu vergessen, nach unzähligen albernen Anläufen, die Nummer zu rekonstruieren, die er wohl eigentlich hatte wählen wollen, um dort nach ihm zu fragen. Sein Lachen hatte ihr nämlich in den Bauch gegriffen. Eine Papierserviette neben dem Telefon war am Ende vollgeschrieben gewesen mit möglichen fünfstelligen Zahlenkombinationen. Die Serviette hatte sie heute noch. Egal. Freunde hatten dann eine neue Wohnung im Grünen eingeweiht. Es war März gewesen, und noch nicht dunkel. Sie hatte am Fenster gestanden, ein Glas in der Hand und Geruch von Lackfarbe in der Nase. Jemand war zufällig hinter sie getreten und sie hatte sich nicht umgedreht. Sie hatte das Lachen erkannt. Sie war mit dem Sektglas gegen die Fensterscheibe gestoßen. Prost, hatte die Stimme in ihrem Rücken gesagt, und Prost hatte sie leise geantwortet, und in den dunklen Garten hinausgeschaut. Nur eine Birke war von einem Baustrahler angeleuchtet gewesen. Der Whisky jenes Abends, an dem sie falsch verbunden gewesen waren, war ihr den Ausschnitt hinauf und in Rot über Hals, Kinn, bis in die Augen gestiegen. Es mußten ungefähr vier Doppelte gewesen sein, so blau wie sie gewesen war.

Grün, hatte Oskar in dem Moment gesagt, Grün steht Ihnen.

Das können Sie gar nicht wissen.

Doch, moosgrün.

Sie haben mich noch gar nicht von vorn gesehen.

Sie war wieder mit dem Glas gegen die Fensterscheibe gestoßen. Prost. Und Prost hatte er gesagt. In der angestrahlten Birke hatte ein Vogelpaar mit kaffeebraunen Bäuchen die Schnäbel an der Rinde gewetzt. Alles in diesem Moment paßt zu seinem Lachen, hatte sie gedacht.

Kennen wir uns nicht, hatte er gesagt, wie man so etwas aus Höflichkeit sagt.

Unsere Stimmen kennen sich, wir waren vor einigen Tagen oder Wochen für knappe Minuten falsch verbunden, hatte sie gesagt und in dem Moment schon das Kind hinter den Augen gehabt, das sie einmal bekommen würden.

»So pathetisch führt sich das Leben manchmal auf, wenn etwas beginnt«, sagte Olga. »Was ist das nur zwischen Männern und Frauen?«

Ich sah sie erwartungsvoll an, denn das hatte ich auch immer wissen wollen.

»Vertrautheit und Zauber eben«, sagte sie, »kennen Sie das, Sie Küken?«

»Ich bin auch schon älter«, sagte ich, aber sie hörte es nicht.

»Ab da galt für mich nur eins.« Ihre Augen brannten auf meinem Gesicht.

»Was?«

»An den Tagen, an denen wir nicht zusammen sind, werden wir für alle Zeiten nicht zusammengewesen sein.«

»Haben Sie ihm das gesagt?«

Sie nickte.

»Das gilt?«

Sie nickte.

»Noch immer?«

»Für immer«, sagte sie. Sie stand auf, und sogleich zog der Hund sie fort. Ich folgte.

Plötzlich drehte sie sich um und hielt mich am Ärmel.

»Wissen Sie einen guten Friseur hier?«

Damit hatte ich nicht gerechnet.

»Wieso?« stotterte ich.

»Sie stottern ja«, sagte Olga Stosskopf, »das ist mir bisher gar nicht aufgefallen.«

»So ein Schlamassel«, stotterte ich weiter, »mir auch nicht.«

Ich trat gegen ein Stück Holz, schoß es weit, sie ließ die Leine los, und der Hund machte einen Luftsprung, bevor er loslief. Als hätte sie darauf gewartet, daß der Hund uns nicht hörte, reckte sie ihren Kopf zu meinem Ohr und flüsterte etwas, das ich selbst vor Wibke nicht wiederholen mochte.

Ein Wind kam auf, und Doktor trabte mit Stock und schleifender Leine auf uns zu. Ins schwarze Fell fegte der Wind kleine Krater. Wieder kamen Stimmen von der anderen Seite des Wassers.

»Sagen Sie mal, können die uns auch so gut hören«, fragte Olga. Ich zuckte die Achseln, und Doktor bellte. Wir hatten nicht gleich das Holz aus seiner Schnauze gezerrt.

»Sagen Sie mal …« und Olga und Hund und ich hielten inne.

»Sagen Sie mal«, kam es wieder von der anderen Seite des Sees, wo zwei Ausflugsboote außer Betrieb gegen die Stegplanken schlugen, »… wissen Sie kein günstiges Grundstück für mich?«

»Aber so wie früher geht das nicht mehr«, kam als Antwort.

Es war der Anfang eines Frühlings. Keiner im Ort wunderte sich über die scheue, kraftlose Sonne und den unentschiedenen Regen. Auch das Wetter hatte sich seit der Wende verändert. Wibke und ich und fünftausend andere stolperten über Baustellen in den aufgerissenen Straßen. Es war die Zeit des Anschlusses. Wir und fünftausend andere bekamen Telefon-Kanal-Kabelanschluß, oder wenigstens bekamen wir dreckige Schuhe, damit andere Telefon-Kanal-Kabelanschluß bekommen konnten. Seit der Wende ist Rheinsberg, der Ort, wo ich lebe, mir fremd geworden. Küsse ich Wibke, die Frau, die ich ziemlich liebe, küsse ich eine Fremde. Ich fühle nicht mehr, was ich gefühlt habe. Aber was man gefühlt hat, ist das, was man erlebt hat. Was habe ich also erlebt? Was war das, damals vor kurzer Zeit? Allen geht es so, aber alle schweigen oder schimpfen. Ich erzähle.

»Was ist eigentlich los?« fragte mich Wibke an so einem vermatschten Tag.

Ich steckte einen Finger in den Mund und hielt ihn hoch.

»Seitdem die Mauer weg ist, zieht es«, sagte ich.

Es schlossen in der ersten Märzwoche das Modehaus Sybille auf der Berliner Straße, der Friseur am Thälmannplatz und vorübergehend der Erotikshop Moni in der Kollwitzgasse. Ein rosa Zettel hing wochenlang an Monis Tür. *Wegen Krankheit heute geschlossen. Danke für Ihr Verständnis.* Die Handschrift mußte die einer älteren Frau sein. So etwas erkenne ich.

Es war also der Frühling, in dem alle hier am Ort schimpften oder schwiegen und ich morgens im Bett trödelte, weil ich mir ausdachte, was man mir nicht erzählte. Es war in jenem Spätfrühling, als Olga Stosskopf an einem Montag zur Sitzung des Gemeinderats bestellt wurde, um sich den Abgeordneten zu zeigen. Sie trug ein rotes Kleid und sie winkte mir, als sie an der Imbißbude vorbeikam. Es war das erste Mal, daß ich sie ohne Hund sah. Statt dessen begleitete sie der Krachlederne in den üblichen Hosen. Immer trägt er die, und so träumte ich einmal, er wasche sich nicht, er fette sich und die Hosen nur täglich ein.

Einer der Ochsenfurter, der Apotheker Mendel, ist in dieser Partei, die früher bei uns verboten war. Er engagiert sich in Kultur, das heißt für Blumenkübel vor dem Rathaus, Schautafeln zum Thema Stadtgeschichte und für andere kleinteilige Maßnahmen. Mendel war also auch bei Tagesordnungspunkt acht, betreff: *Stadtschreiberstelle/Stosskopf* dabei. Abends berichtete er den anderen Ochsenfurtern in der Pizzeria. Denn es war Donnerstag. Mendel und Lieder aßen Pizza Nummer 5, Kerner Nudeln nach Art des Hauses, und Gehbauer hatte schon gegessen. Ich saß zwei Tische weiter, mit einem Berliner Bekannten, der wenig sprach, aber meine Hand halten wollte.

»Ich sage es«, sagte der Apotheker Mendel, der aussieht, wie ein Apotheker aussieht. Seine Hände sind fleckig. Auch der Schuldirektor Gehbauer sieht wie ein Schuldirektor aus, und sehr östlich. Seit der Wende hat er sich keine neuen Schuhe gekauft. Der Dichter Lieder könnte ein Lehrer aus seinem Kollegium sein. Muß aber kein Lehrer sein, denn seine Frau, Kinderärztin Frau Dr. Lieder, die einzige medizinische Versorgung überhaupt am Ort, auch für Tiere, bringt das Geld nach Hause. Sie fährt lose Tablettenheftchen und einen Stapel Gedichtbände von Lieder im Kofferraum eines roten Wartburg spazieren. Sie ist einen Kopf größer, blonder, breiter und um viele Jahre jünger als er. Sie ist ein Weib, das des Nachts seinen ganzen Mann verschlingt, nicht nur den dafür vorgesehenen Teil. Im Sommer trägt sie sein Jackett über dem Arm, wenn sie im Schloßpark spazierengehen. Der Kastellan Kerner ist jünger als die drei anderen aus dem Ochsenfurter Männerquartett. Er gefällt den Frauen, und sie gefallen manchmal ihm, vor allem wenn sie neu vor Ort sind und nicht mehr ganz jung. Er hat eine Schwäche für das Verblühende. Er macht gern teure Kostüme auf einsamen Waldwegen schmutzig.

»Wir freuen uns«, und der Apotheker Mendel hielt beim Kauen eine Hand ans Gesicht, nachdem er seine Pizza kleingeschnitten hatte, »freuen uns wirklich, Sie bei uns zu haben, sagten wir zu Frau Stosskopf, trotzdem, wann kommt Ihr Mann. Wie geht es ihm. Wann können wir den Tag seiner Ankunft verbindlich an die Presse weitergeben, liebe gnädige …«

»… Autorenwitwe«, sagte Lieder. Zwei Männer grinsten.

Der dritte, Kerner, nicht.

Ich zündete mir zwei Tische weiter eine Zigarette an, lehnte mich mit dem ersten Rauch vor dem Gesicht zurück, den Kopf im Nacken, die Ohren aufgestellt. Als mein Berliner Bekannter redselig wurde, lehnte ich mich wieder vor und küßte ihn, um besser zuhören zu können.

Scheu sei Olga aufgetreten, aber in Rot. Sie sei zum Sprechen aufgestanden. Ihr Kleid habe drei Kniffe vom Sitzen in der Leistengegend gehabt. Ihr Gatte? Ja, es sei wohl dauernde Übelkeit, Durchfall, Erbrechen, vielleicht wegen einer ernstzunehmenden Darmkrankheit, sowie Schwindel, Kopfschmerz, Müdigkeit und auch zeitweilige Verstörtheit, habe Olga Stosskopf, laut Mendel, in der Gemeinderatssitzung über die Abwesenheit ihres Mannes ausgesagt. Sie habe allein am Ende des Tischs gestanden, nah der gepolsterten Tür, denn der Krachlederne habe einen zweiten, dringlicheren Termin gehabt.

»Alles Quatsch«, sagte der Dichter Lieder.

»Doch, doch«, sagte Mendel, »sie ging noch weiter und sprach mit leiser Stimme von Depressionen bis hin zur Selbstgefährdung.«

»Auf der Gemeinderatssitzung?« fragte Gehbauer und bestellte noch ein Bier.

»Auf der Gemeinderatssitzung, im öffentlichen Teil.« Der Apotheker Mendel nickte und nahm auch dabei die Hand nicht aus dem Gesicht.

»Mein lieber Mendel«, sagte da der Dichter Lieder, »dieser Stosskopf ist ein Unterhaltungsschriftsteller, Verlag in der Schweiz. Der hat höchstens mal eine Geschmacksstörung, einen Leberschaden oder Schweißausbrüche am Telefon. Der Schriftsteller Oskar Stosskopf ist ein kerngesunder Mensch, und seine Frau dichtet sich etwas zusammen. Ich vermute, aus den Gebrauchsinformationen für irgendein Medikament.«

»Sie war vielleicht mal Krankenschwester«, sagte der Kastellan Kerner mit einem schrägen Lächeln.

»Ciprobay«, rief Mendel, »Sie haben recht, Kerner. Sie kennt den Waschzettel von Ciprobay Antibiotikum, und sie macht daraus eine Leidensgeschichte für ihren Mann.«

»Reizend irgendwie«, sagte Kerner.

»Unverschämt«, sagte Gehbauer.

»Ja, ja«, sagte Lieder, und »nein, nein«, meinte Mendel, nahm die Brille ab und legte Hand auf Hand. »Die legt uns rein.« Sein Gesicht sah nackt aus, vor allem in der Umgebung der Augen.

»Davon versteht ihr nichts«, sagte Kerner, »und überhaupt, irgendwer hat hier Fußgeruch.«

Ich aß meine Pizza mista schnell, verabschiedete auf der Straße meinen Bekannten unter einem Schild für abknickende Vorfahrt Richtung Berlin, küßte seinen Mundwinkel, denn eigentlich bin ich Wibke treu. Ich sei eben eine Katze, sagte er.

Auf Wibke kam er nicht.

Allein ging ich in den Club 30, zwanzig Schritte von der Pizzeria entfernt. Am Tresen saßen ein paar Jungs von hier, grüne Jacken, orange gefüttert, und nur einer hatte einen schmalen Nacken. Seine blauen Augen waren Eis und klar, seine Wimpern lang. Ich ließ einen Hocker zwischen ihm und mir frei.

»Mensch, jetzt kommen die schon zum Sterben hierher«, sagte einer, und keiner schaute mich an. Ich bestellte einen Campari Soda und fragte den neben mir über den leeren Hocker hinweg, ob er mir eine Zigarette gibt. Er ließ die Packung CLUB herüberschlittern. Ich nahm eine und legte sie quer über meinen Glasrand.

»Haben Sie noch einen Wunsch?« fragte die Kellnerin, die ich noch aus der Schule kannte.

Ich sagte: »Tag Angela«, mit Betonung des Namens auf der zweiten Silbe, wie man das so im Osten macht. Da ließ sie mich erst einmal in Ruhe. Ich stützte die Ellenbogen auf den Tresen und legte das Gesicht in zwei Fäuste. Die Haut spannte sich. Sicher sah ich so jünger aus. Alter Trick. Ich dachte an Olga. Ihr Satz vom See fiel mir ein. Dem drückt die Schreibtischplatte manchmal aufs Geschlecht, dann geht er wildern, hatte sie gesagt. Angela legte eine von diesen neuen Frauenzeitschriften auf den Tresen. Ich schlug sie auf. Olga, dachte ich, und wenn er wildern geht, kommt er die ganze Nacht nicht heim, ruft morgens an, lügt, er habe einen Satz schreiben müssen. Einen, eine ganze Nacht lang. Du glaubst ihm, Olga, weil du glauben willst. Außerdem liest er dir den Satz am Telefon vor. Nur dir, denkst du. Denkst nicht: nur einen? Denkst nicht: wer ist da noch bei ihm im Zimmer? Was ist denn da für ein seltsames Geräusch?

Die Jungens am Tresen starrten mich an, und ich starrte auf die Zeitschriftenumfrage. *Liebhaber*. Ja, Olga brauchte einen Liebhaber. Ihre Kinder waren aus dem Haus. Jetzt mußte etwas anderes auf die Hüfte. Eine Frau war sonst bald keine Frau mehr, sondern eine Kranke, mit Unterleibsschmerzen, Herzschmerzen, Haarausfall und gelben Augen. Die Ochsenfurter hatten genau Olgas Alter und redeten sich bereits über sie die Köpfe heiß. Warum nicht einer aus dem Quartett? Die anderen konnten dann zu dritt essen gehen, und Olga hatte einen, der mit ihr essen geht und dabei seine Füße weit, weiter unter ihren Stuhl schiebt, so wie Gehbauer? Gehbauer, der immer schon gegessen hat? Oder Lieder, der heimlich auf Servietten notiert, was er in gleicher Nacht noch zum Gedicht ausbauen will? Ein Gedicht über Fremdgehen, das seine Frau sehr ruhig als erste liest. Oder Mendel vielleicht, der manchmal um Mitternacht und zu Sylvester alleinstehende Frauen anonym anruft? Oder doch Kerner?

Kerner.

Ich stellte mir vor, wie Olga Stosskopf hinter den weißen Läden ihrer Wohnung sitzt. Sie lauscht auf den Parkplatz hinaus. Der letzte städtische Angestellte hat längst sein neues Auto abgeholt. Olga hat eben noch, wie ich, in der Zeitschrift über Liebhaber gelesen. Jetzt sitzt sie am schrägen Schreibpult, die Ellenbogen auf die bürogrüne Platte gestützt, das Kinn in den Händen, Haarfransen in der Stirn, blonde Haarfransen und im Nacken grau, weil bis dahin Farbe oder Sorgfalt nicht reichen. »Doktor«, ruft sie einfach so. Sie wechselt den Platz zum kleineren Tisch, einem Tischchen unter dem erblindeten Spiegel, der das Auge ihrer Mutter hat. Sie trinkt weiter, jetzt Portwein mit Mineralwasser verdünnt, wegen der Mutter, trinkt weiter, weil man ja so früh nicht schlafen gehen kann. Früher hat sie Klavier gespielt, wenn der Abend kritisch wurde, nur um nicht ins Bett zu gehen. Denn ein Bett wird leerer, wenn man sich allein hineinlegt. Dieses hier auch, denkt sie und schaut das Doppelbett im Zimmer an. Die Matratze hat zu viel Seegang, denkt sie, auch wenn nichts passiert. Am Haus, außen, gibt es keine Schüssel für den Fernseher, keine Schüssel ins All gegen das Alleinsein. So hat sie nur drei Programme, wie in der Steinzeit, denkt sie und fährt dem Hund mit dem nackten Fuß über den Kopf, diese Olga, dreiundfünfzig, betrunken, aber hübsch. Morgen früh wird sie vor dem Spiegel eine halbe Stunde lang ihr Gesicht reparieren müssen. Jeden Morgen muß es in die Werkstatt, alles Routine, Skintonic, Antifatigue um die Augen, die Poren schließen sich, und sie legt die Grundierung auf, seidenmatt, zehn oder zwölf Jahre verschwinden darunter, unter blauer Creme, die rosa wird auf der Haut und den Geruch hat von Mörtel. Wieder fährt sie Doktor über die neue Kurzhaarfrisur. Deshalb hat sie mich am See nach einem guten Friseur gefragt. Sie hat Doktor die Haare schneiden lassen, weil sie sein Gesicht sehen will.

Doktor seufzt.

Olga seufzt »Doggie«. So hat sie ihn genannt, als er noch ein kleiner Doktor war.

Da klingelt das Telefon.

Sie nimmt den Hörer ab und merkt, etwas wird geschehen. Sie merkt eigentlich immer alles, nur den Alkohol nicht. Olga unterbricht das vierte Klingeln und muß schlucken, als sie den männlichen Atem am anderen Ende der Leitung hört, ein Atem, der Mühe hat, Stimme zu werden. Über ihrem Kopf an der Zimmerdecke entlang laufen Schritte durch den ersten Stock.

Olga lacht leise, sagt: »Ich weiß, Sie sind ein anonymer Liebhaber mit einem zu großen Schreibtisch im Moment.« Da legt die andere Seite auf. Olga geht durch Zimmer und Küche, es ist zwanzig vor zwölf. Auf allen Gegenständen, gegen die sie stößt, läßt sie ein wenig Furcht, ein wenig Lust zurück. Sie öffnet die Kleiderschranktür und zieht sich dahinter aus. Sicher ist sicher. Sie zieht den blauen Bademantel an, am Ärmelaufschlag wirbt er für Bücher aus Oskars Verlag, sie knotet ein Tuch um den Hals, legt eine CD auf. Musik ist Dämmerung. Das braucht sie jetzt gegen die Nacht. Sie braucht eine ganze

Nacht Anlauf, um gegen Morgen schlafen zu können. Bevor sie ihr Tagesgesicht im Waschlappen verschwinden läßt, zögert sie noch, mit einem Blick auf das Telefon. Dann folgt Doktor ihr in die Küche, wo sie ein Rotweinglas für Portwein und ein Rotweinglas für Wasser nimmt, einen prüfenden Blick auf die weißen Läden wirft, vor allem auf die Ritze zwischen den Verschlägen. Wieder klingelt das Telefon. Olga, denk dran, die Frau ist ein kleineres Gefäß, hört sie Oskar noch sagen, und schon klemmt sie den Hörer zwischen Schulter und Ohr, geht in die Hocke vor dem Bett und schenkt in beide Gläser ein, einmal braun, einmal klar.

»Ich bin da«, sagt sie. Schon trinkt sie, trinkt aus beiden Gläsern einen Schluck, die Welt wird sofort noch leichter, als sie es heute abend eh schon ist, und sie, die Olga oder die Welt heute abend, wer weiß das genau, sie haben eine ganz starke Sehnsucht, ja Hunger, physisch, daß jemand bei ihnen ist. Gelogen. Daß jemand in ihnen wohnt. Oskar. Aber nein! Ihr Mann ist ein Mann zu wenig.

Olga sagt: »Sie können hinten herum über den Parkplatz kommen« und: »Sie können gegen die Läden klopfen, ich öffne dann« und: »Ich lege jetzt auf« und »Sie müssen aber kommen. Ich brauche das jetzt.« Und der Hörer gleitet auf den Apparat zurück, so behutsam, als schlösse sich eine Tür, hinter der jemand gerade eingeschlafen ist.

Olga geht zum Spiegel, sieht hinein, und der Spiegel schaut mit dem Auge ihrer Mutter zurück. Die muß ihr aber auch überall auflauern!

Vor dem Fenster Schritte. Das ist nun schon ziemlich viel Alkohol, was sie da im Blut hat. Da muß man sich doch einfach hinlegen, den Rücken mit dem Bandscheibenvorfall in die weiche Schaumstoffmatratze sinken lassen, und ergeben lesen, was das Schicksal für einen an die Zimmerdecke geschrieben hat. Nutzlos ist es, über Dinge zu reden, die man nicht ändern kann. Dinge wie die Liebe oder das Ende der Liebe.

Schritte draußen, und Rauch einer Zigarette, der ins Zimmer zieht. Olga schließt die Augen. Sie denkt, daß ihr Sohn ein guter Liebhaber sein soll.

Schritte.

»Soll er«, sagt sie laut, und stellt sich vor, sie sei eine andere, jünger, treuer, disziplinierter, talentierter. Unsterblich?

Schritte.

Natürlich hat sie Oskar manchmal betrogen. Natürlich hat sie. Natürlich hat sie sich manchmal verliebt dabei, auch wenn der Mann nur ein Hotelkoch und nicht besonders gut war.

Schritte.

Ohne Vorbereitung faßt sie einen vernünftigen Entschluß. Morgen wird sie das Schloß besuchen. Denn schließlich sind sie Nachbarn, das Schloß und sie.

Schritte.

Jemand sagt: Das ist ja wie ein Rausch, und stößt gegen das Portweinglas. Jemand verwechselt etwas Wesentliches mit dem Geruch davon.

Schritte, aber von jemand anderem. Und in meinem Rücken.

Wibke legte die Hand auf meinen Rücken, sagte, du schläfst ja fast, komm nach Hause. Früher hatte sie die Hand ganz tief unten auf meinen Rücken gelegt.

»Komm.« Sie schlug die Frauenzeitschrift zu. Angela sagte: »Wir schließen.« Die Jungen schauten auf. Einer sagte mit Blick auf Wibke: geil. Sie lächelt, ziemlich blöd von ihr, fand ich. Denn der machte sich doch nur lustig.

Auf der Berliner Straße überholte uns ein einsamer

Lastwagen. Der Fahrer hupte, weil er zwei Frauen von hinten sah.

Ich wußte nicht, warum, aber in dem Augenblick stellte ich mir nur eins für die Zukunft vor. Daß morgen früh hinter Olgas Haus eine Katze bei den Papiercontainern ihr erstes Käsebrot fressen würde.

Olga tat nichts. Sie wohnte weiter da. Wir dachten, daß im Verhältnis zu uns, die wir immer hier lebten, ihr mehr Tage glückten.

Die Sache mit dem Kastellan gehörte dazu. Und darüber haben die Leute damals viel geredet.

Er habe nur wenig Zeit, hatte er gesagt. Er könne nur sofort, gleich nach Mittag. Sie sagte, ja, dann gleich nach Mittag. Sie wolle eh mit dem Hund raus.

Ja, darüber haben die Leute natürlich geredet, weil sie sich sonst wenig zu sagen hatten.

Ich sagte zu Wibke: »Aber es war ganz anders.«

»Aber sie soll ihn angerufen haben.«

»Aber soll sie doch«, sagte ich. »Schließlich bezahlt sie ihre Telefonrechnung selbst, oder?«

»Stimmt. Und schließlich wollte sie eh mit dem Hund raus«, sagte Wibke.

»Lassen Sie bloß den Hund da, hat der Kastellan da gesagt.« Ich zündete mir bei dem Satz eine von Wibkes Zigaretten an. Das machte meine Aussage lässiger, also stärker. Wibke sah mich an. Ihre Frage kam kleinlaut.

»Was du alles weißt, sie wollte also wirklich nur das Schloß besichtigen?«

Ich nickte.

»Los erzähl«, sagte Wibke. Ich sah in ihre blauen Augen, blau wie ihre Bluse. Wie ich sie mochte, in diesem Moment.

»Hör zu«, sagte ich.

Er erkannte ihre Stimme sofort, sagte aber gleich, er habe nur wenig Zeit. Den Hund sollte sie dalassen, denn sonst würden ihn seine drei polnischen Restauratoren anspringen, wenn er so ein Viech in den Konzertsaal mitbrächte.

»Da fällt ja vor Schreck das japanische Papier von den Deckengemälden«, sagte er.

»Doktor ist kein Viech«, sagte Olga.

»Wie Sie das so wiederholen mit dem Viech«, sagte der Kastellan, »spätestens daran hätte ich Ihre Stimme gleich wiedererkannt, trotz der schlechten Telefonanlage. Wie war noch der seltsame Name von Ihnen?«

Olga Stosskopf saß an jenem Mittag in ihrer Stadtschreiberwohnung am Fenster und sah auf weiße Hausmeisterswäsche in Sonne und Wind, drüben bei der roten Scheune vom roten Kavaliershaus. Die Büsche waren immer noch kahl. Gebrauchte Papiertaschentücher lagen zwischen den parkenden Autos vor ihrem Fenster herum. Wie sollte sie Oskar da locken? Wie da überzeugend und beschwörend sagen: Am See zu wohnen, Oskar, hättest du nicht Lust dazu, für ein paar Tage? Das Bett ist groß genug, die Wäsche rosa oder weiß, aber an der Sonne getrocknet, und wenn wir hier zusammenrücken, ist auf der Matratze immer noch Platz genug für die Liebe. Es gibt auch zwei Plumeaus im Bett, du kannst dich also zurückziehen. Aber komm.

»Frau Stosskopf?«

»Ja?«

»Wir warten dann um halb drei auf Sie.«

»Wir?«

»Ja, meine drei polnischen Restauratoren und ich.«

In diesem Moment verschwand die Sonne hinter einer kleinen Wolke, und der See glitzerte nicht mehr.

Wibke seufzte.

Ich sagte: Olga war pünktlich. Der Kastellan Kerner saß allein in seinem Büro und stempelte. Die Sekretärin war krank, so goß er auch die Blumen, bediente das Telefon und kochte Kaffee. Er bot Olga eine Tasse und den roten Plastikstuhl beim Fenster an. Sie wollte nur den Stuhl. Unter der Sitzfläche machte sich der große Hund klein.

»Wann kommt eigentlich Ihr Mann?«

»Morgen.« Sie schlug die Beine übereinander und strich mit dem Fuß eine Delle im neuen grauen Teppichboden glatt. Dabei entstanden drei weitere. Der Teppichboden, Computer und Fax waren das einzige, was neu war in diesem Büro. Sie musterte Locher, Lampen, den Metallschrank, aluminiumgrau, DDR eben und wehrlos gepanzert. Sie stellte sich vor, wie nachts im Dunklen die neuen Geräte mit dem alten Inventar stritten. Der Wachschutz hatte sicher davon gehört, aber hatte nicht genug Fantasie, um sich einen Krieg der alten und neuen Dinge vorzustellen. Denn manche Menschen kennen als Fantasien nur die, die sich erfüllen können. Olga war da anders. Und der Kastellan? Sie sah die Hände des Kastellans, stellte sich vor, wie er die Handbremse im Auto anzieht, bevor er die Frau auf dem Beifahrersitz anschaut, die Augen schon schmaler, aber noch nicht vor Gier. Sie stellte sich vor, wieviel Staubflocken mehr danach unter seinem Bett liegen würden. Olga hob die Lider so langsam, daß eine Musik dazu hätte eingespielt werden können, eine Melodie für einen endlosen Lidschlag. Gottes Lidschlag, wenn er schöne Landschaften betrachtet und sein langsamer Blick zurück in den Himmel geht. Der Kastellan zeigte beim Sprechen nur die untere Zahnreihe. Wie Henry Fonda, dachte Olga. Darüber die Augen, zwei blaue Steine, halb Hitze, halb kalt. So kann es einem gehen, dachte Olga, so, wie Oskar immer sagt. Eines Nachts nimmt der, den man liebt, nicht ab. Also ruft man jemand anderen an, den man nicht liebt, mit dem man nur die Leitung prüfen will. Nach dem Gespräch ist deutlich, daß man bislang nur glaubte, aber nicht liebte. Fünf Monate später heiratet man den Testanruf aus jener Nacht.

Olga bückte sich nach dem Hund unter ihrem Stuhl, legte den Oberkörper schräg in die trockene Büroluft, kraulte Doktors Kopf und sah einfach an Oskar, ihrem alten Oskar vorbei, der hier störte, selbst wenn er kein Interesse mehr daran hatte zu stören. Sie sah den anderen Mann, Kastellan, Burgvogt, später Schloßverwalter, Hausmeister. In diesem Moment schob sich nicht Oskar dazwischen, sondern ein wilderes Bild. Das Bild hing an einem einzigen Nagel. Der Nagel war das Wort »Schloßverwalter«. Auf dem Bild lag ein Mann auf einer Frau, und unter der Frau war der unterste Ast eines alten Baumes, der sich kurz über dem bemoosten Boden im Rhythmus von Mann und Frau mitbewegte. Im Hintergrund war viel düstere Landschaft, gegen die die Haut der Frau weiß abstach und leuchtete. Der Kastellan fühlte sich nicht wohl in Olgas langem Blick. Vielleicht sah er darin einen Baumstamm und wußte nichts damit anzufangen. Sie schloß die Augen.

»Wir gehen sofort«, sagte er und stempelte schneller danach. Sein schönes Lächeln, aber nicht Oskars Gesicht. Olga setzte sich aufrecht, drückte das Kreuz durch und strich die Kragenspitzen ihrer gebügelten Bluse ein wenig nach außen. Dann gingen sie.

»Lauge und Seife«, sagte der Kastellan auf dem ersten langen Flur zum westlichen Schloßflügel hinüber, und er fuhr mit der Fußspitze über blanke, fast weiße Bohlen am

Boden. Olga bückte sich, stützte beide Hände auf das Holz und stellte fest: »Glatt und rauh.«

»Wirklich?« Er sah ihre Hände an. Sie zog sie zurück. »Ich schwör es, Lauge und Seife hier drinnen und draußen Licht und Weite.« Er nickte und zog sie am Ellenbogen hoch und mit sich fort zu einem der sechs Flurfenster. »Licht und Weite«, wiederholte er, als rede er von Unendlichkeit und Tod. Olga griff an altes, grünschimmerndes Fensterglas. Er zeigte auf eine Tür in ihrem Rücken.

»Das Damenklo. Früher war da die Backstube, und daneben, in dem hellen Raum mit den hohen Fenstern nach Süden, wurde das Silber geputzt und gelagert. Langhans, kennen Sie den?« Olga nickte und betrachtete einen roten Strich statt Stuck an der Kante zwischen Wand und Decke, den hatte der Kastellan »Langhans« genannt. Ob der das Silber geputzt hatte?

»Ja, Langhans«, murmelte sie.

»Sonst Schinkel, alles später und Schinkel«, und der Kastellan fuhr mit der Hand über die weißgekalkte Wand. Olga hatte noch den Kopf im Nacken und konzentrierte sich auf den roten Strich namens Langhans. Der Kastellan beobachtete ihren Hals, ihr Schlucken.

»Was ist eigentlich mit den polnischen Restauratoren?« Olga ging unaufgefordert weiter. Der Hund folgte. Der Kastellan war blind geworden für große Hunde, Olga zuliebe.

»Die Polen suchen an der aufgerissenen Uferbefestigung nach Scherben, am liebsten nach weiß-blauen. Soll ich Ihnen zeigen, wie sie wohnen, meine einsamen drei Polen?«

Sie gingen den Flur entlang weiter, durchquerten ein blaues Zimmer mit rosa Kamin, stiegen eine Treppe hinauf, der Hund vorweg. Auch hier, unter dem Dach, waren die Dielen ganz Lauge und Seife. Auf spitzen Metallbeinen stand im Gästezimmer für die Polen altes DDR-Mobiliar, ein Schrank, ein Tisch, zwei getrennte Betten, zwei unbezogene rote Plumeaus wälzten sich auf einer nackten, grau-weiß gestreiften Matratze. An der Wand pinnte ein Zeitungsfoto von Dalida. Olga griff sich an den Hals, als könne sie so die Röte aufhalten. Sie drehte sich weg und sagte: »Das muß mein Mann auch alles sehen, Herr Kastellan.«

»Sicher«, er lachte. »Aber was gäbe es denn hier für einen Schriftsteller zu sehen? Etwa die Staubflocken unter dem Bett?«

Er brachte sie zurück in den offiziellen Teil des Schlosses. Sie kämpften gegen den Besucherstrom an, über Steinboden liefen sie, der warm war und nachgiebig wie Holz, denn der Stein war im Auftrag eines sparsamen Schloßherrn nur aufgemalt worden. Der Kastellan schob sie vorbei an einer Schulklasse. Beide hatten sie Staub auf den Kleidern und den Blick, den man aus lang verschlossenen Räumen mitbringt. Die Kinder sahen die Lehrerin an, wegen der weißen Frau und dem grauen Mann, die sich über rote Absperrungsseile einfach hinwegsetzten. Er zog sie rasch in eine Kammer, mit Innenfenster zum Flur. Stimmen drangen aus ferneren Räumen, dann nicht mehr bis zu ihnen. Sie standen in einem Dienerzimmer, der Raum schmal und hoch, sie dicht beieinander.

»Da war mal das Bett«, sagte der Kastellan, er zeigte auf die Andeutung einer Grotte an der Stirnseite der Kammer. Olga legte die Hände auf den Rücken.

»Und warum ist der Kamin innen rosa?«

»Sommerfarbe«, sagte der Kastellan. »Im Sommer wurde der Ruß im Kamin rosa überstrichen.«

Dann schob er sie über eine schmale Treppe, eine, die

für Kinder oder minderjährige Dienstmädchen gerade breit genug war. Seine Hand lag zwischen ihren Schulterblättern, und etwas zwischen ihnen bastelte sich wie von selbst zusammen und schob sich weit ins Leben hinein und spielte mit einem Reiz, der sich von selbst erzeugt, wenn eine Frau merkt, sie ist eine Frau und ziemlich bedürftig. Doktor schaute Olga strafend an, kannte sich plötzlich aus und lief voraus, und sie kletterten, die Füße ausgedreht, hinterher. Das Turmzimmer. Ein kahler Raum, kälter als die anderen im Schloß. Vor den fünf Fenstern lag jedesmal der See, in einer Farbe, die sich besser in Musik ausdrücken ließ. Olga trat an einen Schreibtisch und war verschreckt von der Stille, die sich so ausbreitete, so auf den See nur schauend, eine Stille auf einem Ton, die Farbe des Schnees im Kopf. Sie dachte an die schwarzen Hühner, die ins Weiße pickten auf der Fahrt hierher, an die Gruppe alter Autositze auf einer Hundehütte. Sie hatte gesagt, Doktor, schau dir das mal an, so was kennen wir noch nicht. Und Doktor hatte über die Zunge gelächelt. Olga ließ die Schreibtischkante los und betastete mit dem Daumen die übrigen vier Fingerspitzen. Das hatte die Wirkung von Zärtlichkeit, um die man keinen anderen bitten mußte. Sie erinnerte sich. Man liebt nicht den Menschen, den man liebt, sondern das Gefühl, das man für ihn hat. Denn man liebt ja auch die Musik, nicht das Instrument. Olga Stosskopf drehte leise den Hals hin und her. So verstärkte sich der helle, harte Klang eines Spinetts in ihrem Kopf. Ach, sie erinnerte sich. Sie mußte ihre Haare waschen.

»Ich zeige Ihnen die Sommerwohnung vom Prinzen«, sagte da der Kastellan.

»Sommerwohnung, Zimmer drei.«

»Wieso Zimmer drei?«

»Sterbezimmer.«

»Wer ist dort gestorben?«

»Der Prinz Heinrich starb hier im Sommer.«

»Und vorher hat er die Zimmer numeriert?«

Der Kastellan strich sich mit der Hand über die Hüfte und sagte: »Nein, aber in den anderen Räumen war es ihm im August zu heiß.«

»Zum Sterben zu heiß?«

»Richtig.«

»Und die Nummern?«

»Die sind von später.«

»Später?«

»Ja, früher war das hier ein Diabetikersanatorium. Deshalb die Zimmernummern.«

»Was denn nun? Früher oder später«, fragte Olga ungeduldig.

»Das weiß man heutzutage nicht genau zu sagen«, sagte der Kastellan verlegen. »Jetzt ist ja alles ...«

Er faßte sie an der Schulter und wünschte sich: nicht früher oder später. Er wünschte sich: jetzt. Er wollte jetzt seine braune Hand auf ihre blasse Wange legen dürfen.

Als Olga am Abend schlafen ging, stellte sie das Telefon so nah wie möglich ans Bett.

»Das kenn ich«, seufzte Wibke. Ich drückte die Zigarette aus.

Zwei, drei Monate vergingen. Und wieder war Sonntag und Vollmond dazu. Olga Stosskopf sagte, ihr Mann sei leider immer noch nicht da, was jeder sah. Sie legte den Finger an die Nase, sagte »Weil« und schwieg.

Da wurde das Weil Auftakt für die seltsamsten Geschichten. So erzählte sie Mendel, daß es so nur kommen konnte, weil ihr Mann in Kur sei, wegen seines Magens.

Mendel empfahl eine neue Methode, Diät und Meditation aus Italien. Es gebe preiswerte Pilgerreisen dorthin, sagte er. Olga nickte und meinte, ihr Gatte sei zur Zeit schon auf Reisen, Lesereisen, und sicher komme er auch bis nach Italien und danach zu uns. Sie sagte *uns*, hatte dabei einen warmen Ton in der Stimme, wie nach der Liebe, und versöhnte so selbst den Rat der Stadt. Für Gehbauer hatte Olga eine risikofreudigere Begründung. Daß ihr Mann einen Unfall mit Fallschirm bei Schloß Wiepersdorf gehabt habe, sagte sie nur ihm. Eine halbe Stunde habe er mit gebrochenem Knöchel in einer Weide gehangen. Aber es gehe ihm schon wieder besser. Kerner erzählte sie angeblich nichts, weil der sowieso nichts weitererzählte von ihr. Dafür aber erzählte sie Lieder um so mehr, von Dichtersgattin zu Dichter sozusagen. Sie erklärte, wie Oskar seit neuestem seine Figuren aufbaue, sie frisiere, kleide, an Seele und Leib, wie er ihnen den Atem einhauche, den Geruch des Lebens, den der Liebe. Sie sprach von Tod. Sie war präzise informiert in den unmöglichsten Details, wußte die Farbe der Fahrräder in Ländern, in denen Oskar vielleicht, wir aber nie Fahrräder benutzt hätten. Sie weihte jeden in ein Geheimnis ein, jeden in ein anderes, und fälschte auch noch mit links Oskars Autogramm in Büchern, die man ihr unterschob. Humor bewies sie, eine seltene Eigenschaft bei Frauen.

Ich kaufte mir daraufhin Bücher von Oskar Stosskopf bei der Buchhandlung Böthig und erkannte auf der ersten Seite den Ton von Olga. Sie hatte nicht nur seine Manuskripte ins Reine getippt, nein, wir, die Ahnungslosen von hier, hatten die Richtige am Ort. Wir hatten den Autor gewollt, aber die eigentliche Autorin bekommen.

»Oskar ist tot«, sagte ich.

»Paß bloß auf, daß dich keiner hört«, sagte Wibke und schlug mir mit den Fingern auf den Mund.

»Seitdem Olga nicht mehr für ihn tippt, schreibt er nicht mehr«, mutmaßte ich, von Wibkes warmer Hand animiert.

Längst hatte die Gänseblume die Wiesen erobert und erinnerte von weitem an Schnee. Ich sah Olga Stosskopf sitzen vor dem Deutschen Haus, in der Aprilsonne. Sie hatte ein Kännchen Kaffee, einen Cognac und ein Stück Pasewalker Apfelkuchen auf dem Tisch. Die Augen hielt sie geschlossen, das Buch auf dem Schoß, das Glas Cognac war leer, der Kaffee kalt, der Kuchen angebissen, und der See lag rechts von ihr. Sie ließ sich mitträumen von der Landschaft. Im Mai gab sie ein Interview für ihren Mann. Die *Märkische Allgemeine* druckte ein Foto von ihr und dem Hund. Im Juni fing sie an, leere Pfandgläser und Flaschen zurückzubringen. Eines Tages griff sie mich auf offener Straße am Ellenbogen an und sagte: »Wissen Sie, was Liebe ist?« Sie ließ meinen Ellenbogen los und stieß mit dem Finger gegen jeden Knopf meiner Bluse einzeln.

Ich hatte eine plötzliche Röte unter der Haut.

»Liebe ist geteiltes Begehren«, sagte sie. »Und wissen Sie, wie das ist, wenn man eines Abends mit seiner Hälfte allein dasteht?«

Am 2. Juni, an einem Freitag, sah ich sie das letzte Mal. Sie saß in einem blauen Volvo, sagte nichts, aber hatte die Warnblinkanlage eingeschaltet. Denn sie standen mitten auf der Berliner Straße, und der Mann neben ihr, am Steuer, redete auf sie ein. Auf dem Rücksitz standen die Koffer. Den Hund sah ich nicht. Es war gegen elf Uhr nachts.

Um sieben Uhr hatte sie den Raum der Donnerstagsakademie betreten. Wieder hatte der Mann mit dem halben Arm dagesessen, einige ältere Frauen, der Krachlederne, Wibke, geschlossen die Buchhandlung Böthig und die Ochsenfurther, doch ohne den Dichter Lieder. Der war später froh, nicht dabei gewesen zu sein. So konnte er zu Hause und nachträglich dann ein langes Gedicht schreiben auf die Situation, die folgte. Ich kam zu spät und betrat den Raum gleichzeitig mit einem Fremden. Olga Stosskopf saß zwischen einer Flasche Mineralwasser und einem Blumenstrauß, einem junibunten, am Kopf des Tisches. Sie hatte eine Lesebrille auf.

Sie las mit bestürzter Stimme aus dem letzten Roman ihres Mannes. Es war die Abschiedslesung, für jeden Stadtschreiber verpflichtend wie die Antrittslesung. In der ersten Reihe saß Kerner und hatte die Haare frisch gewaschen.

Als Olga aufschaute, bewegte sich der Fremde ruckartig Richtung Türpfosten. Als wolle er gleich wieder weg. Er ging, Olga schaute. Er stand. Olga starrte. Er stand in der Tür. Ich hatte einen Platz zwischen den Zuhörern gefunden und wies für den Fremden mit wiederholtem Blick auf den leeren Platz neben mir, wies noch immer so, als der Hund Doktor sich zwischen Olgas Füßen erhob, auf den Fremden zulief, schräg, schräger, das Schwanzwedeln verursachte ihm große Anstrengung, dann größeren Schmerz, sein Atem ging kurz, der Weg zur Tür, zum Pfosten, zum Fremden schien unüberbrückbar lang, seinen Hundsnacken sah ich steif, die linke Vorderpfote lahmte, eine Pupille rutschte hoch zum Lid. Fast weiß schaute da das Auge unter dem lockigen Fell hervor. Links böse der Blick und rechts die verzweifelte Frage darin, ob er noch ein guter Hund war? Der Krachlederne nahm einen Schluck Wasser und stand auf, Olga auch. Sie warf die Brille einfach zu Boden, starrte auf Doktor, auf den Fremden, während der Hund, einen Meter von der Tür entfernt, versuchte, sich aufzurichten, ein kleiner schwarzer Mann, Olgas Mann, der grüßte, auf zwei Beinen versuchte zu gehen, auf der Zunge Zaudern und Lächeln und Freude, ein Winseln dann, Weinen, etwas Klagendes auf der Grenze zwischen Hund und Mensch, tierische Freude, dann gebrochen. Ein gebrochener Hund, Hund, der zu sehr Mensch geworden war. Aus Liebe.

»Doktor«, schrie Olga, schrie »Oskar! Einen Arzt!«

»Komm her«, sagte der Fremde, der anscheinend Oskar hieß.

»Bleib hier«, sagte sie, die Olga hieß. Was das ist, zwischen einem Mann und einer Frau? Einen Moment lang wußte ich es. Denn ich war dabei, als zwischen einem Mann und einer Frau ein Hundeherz zerrissen wurde.

Der Krachlederne ging auf den Türpfosten zu, wischte sich kurz die Rechte an der Hose ab und streckte sie dem Fremden hin. Der stand so, daß ich ihn von einem Türpfosten nicht unterscheiden konnte.

»Herzlich willkommen. Endlich, Herr Stosskopf«, sagte der Krachlederne, und einer aus der Buchhandlung Böthig applaudierte, aber schon schwächer. Da war der Hund bereits tot. Und ich weiß nicht mehr, ob Olga wirklich seine Pfote hielt.

Ich verließ den Raum. Wibke und die anderen folgten. Wir gingen was trinken, und als wir, Wibke und ich, auf der Berliner Straße spät am Abend den Wagen stehen sahen, mit Warnblinkanlage, einer schweigenden Olga und einem gestikulierenden Oskar vorn, das Gepäck hinten, wußten wir, was im Kofferraum lag.

»Hoffentlich haben sie ein Tuch über seine Leiche gelegt«, sagte Wibke.

Sie müssen dann in der Nacht stadtauswärts, Richtung Berlin gefahren sein. Rechts von ihnen, am Bahnhof, lag der Fotoautomat und blinkte. Fünf Mark. Fünf Mark. Fünf Mark.

Um diese Jahreszeit wechselt das Wild gefährlich die Straßenseite.

Nadine aus Rostock

Sie war zweiundvierzig, ich sechsunddreißig, als ihr Sterben begann. Es ging schnell. Wir hatten vier Jahre zusammen gelebt. Sie starb in vier Wochen. Ihr Gesicht wurde schmaler, zum Abschied belastet mit Schönheit, nicht mit Tod.

»Hast du dich geschminkt«, fragte ich sie, als ich sie an ihrem letzten Samstag im Krankenhaus besuchte. Zwei Schwestern zogen gerade eine blaue Unterlage zwischen Bettuch und Matratze straff. Sie lächelten und hatten seit Tagen kein Frühstück mehr gebracht.

Sie griff meine Hand und sagte meinen Namen, fast unangenehm laut. Aus Verlegenheit sah ich auf die Uhr. Es war zwanzig nach neun am Morgen. Die Schwestern gingen hinaus.

»Hast du dich geschminkt?«

Sie schüttelte den Kopf auf dem Kissen, zuckte mit dem Mund. Als sie die Lippen öffnete, brachen die Linien in ihrem Gesicht. Für einen Moment schien es, als stünden ihre Augen senkrecht übereinander, die Züge, alle, zerschnitten, verschoben, zerbrochen ohne Sturz. Das Gesicht wurde Landschaft, genauer: die sparsame Zeichnung einer Landschaft.

In der Landschaft verschwand sie.

Ich blieb allein an dem Bett zurück, in dem sie lag. Ihr linker Fuß hing heraus.

»Warte«, sagte sie. Sie atmete aus und nicht wieder. Die Augen hatte sie selber im letzten Moment geschlossen. Ich dachte an die blaue Unterlage zwischen Bettuch und Matratze.

Durch die angelehnte Tür hörte ich eine der lächelnden Krankenschwestern am Telefon sprechen. Sie verabredete sich für den Abend, fürs Kino. Ich stand auf und faltete die Hände vor dem Bauch, mißtrauisch, unsicher, erschrocken, noch nicht traurig. An ihrer Seite hatte ich in keiner Nacht von einer anderen Frau geträumt. Aber ich war Lehrer und mein Leben nicht ohne Methode.

Auf dem Gepäckträger die kleine Reisetasche mit ihren Sachen, fuhr ich mit dem Rad nach Hause.

Im Jahr darauf heiratete ich, um zu heiraten. Ich war einige Male mit der Sekretärin aus dem Rektorat ausgegangen. Wir waren zusammen in Urlaub gefahren. Sie verführte mich an einem versteckten See in Brandenburg. Danach erinnerte ich mich besser an die Schwäne, die ich über ihre Schulter hinweg gesehen hatte, als an eine Leidenschaft unter freiem Himmel. Sie hieß Juliane und hatte etwas, aber das drang nicht bis zu mir durch. Ich sah, was sie hatte, in den Augen der anderen Männer, wenn ich neben ihr ging. In der Nacht vor der Hochzeit lag ich allein in meinem Bett. Wir hatten noch keine gemeinsame Wohnung. Den Termin auf dem Standesamt hatte ich für 12.00 bis 12.20 Uhr eingetragen. Danach wollten wir mit den Trauzeugen und ihrer Mutter essen gehen. Nach Mitternacht klingelte das Telefon. Ich war siebenunddreißig und lebte in Charlottenburg.

»Warte«, sagte die Stimme einer Frau im Hörer. Es war Mai.

Die Hochzeit. Wir lächelten uns an, aber waren nicht glücklich. Sie wollte ein Kind, sofort.

Warte noch, sagte eine innere Stimme in meinem Kopf, die höher war als meine eigene.

Drei Jahre später, kurz vor Ostern, wurde ich sehr krank. »Todkrank«, sagte Julianes Mutter und setzte sich Tag um Tag und Stunden um Stunden an mein Bett. Es war die Zeit, die ich früher Fastenzeit genannt hatte. Ich war vierzig, die Mutter knapp über fünfzig. Zu Mutter und Tochter hielt ich den gleichen Altersabstand.

Karfreitag schälte Julianes Mutter neben meinem Bett ein Osterei. Der Geruch war unangenehmer, als wenn sie geraucht hätte. Sie suchte nach dem Briefchen Salz, als das Telefon ging.

»Gib her«, sagte ich.

Sie hielt mir das geschälte Ei hin. Das Telefon klingelte. Die gelben Eierschalen lagen auf einer Serviette in ihrem Schoß.

»Das Telefon«, sagte ich.

»Warte«, sagte sie, faltete die Serviette, legte sie auf ihre Handtasche und stand auf. Es dauerte, bis sie abhob und mir den Hörer ans Ohr hielt.

»Hallo«, sagte ich kräftiger, als ich mich fühlte. Am anderen Ende antwortete das Rauschen eines milden Dauerregens.

Zu Pfingsten wurde ich aus dem Krankenhaus entlassen.

Juliane brachte immer häufiger eine Freundin mit nach Hause. Vielleicht, weil sie nicht schwanger wurde, ich weiß es nicht. Wir machten Kinobesuche zu dritt.

Wir flogen zu dritt nach Mallorca. Unter Palmen saß Juliane auf meinem Schoß, und ich sprach mit der Freundin. Mit der einen Frau im Schoß bekam ich Lust auf die andere.

»Warte mal«, sagte da meine Frau und schlug mir gegen den Hals.

»Au!«

»Sorry«, sagte sie, »da saß eine Wespe.«

Ich legte den Arm um ihre Hüfte und dachte zum ersten Mal an Scheidung.

Der Winter, der auf den Sommer in Mallorca folgte, war hart. Anfang März rief Julianes Freundin an. Der Teich im Garten war zugefroren gewesen. Wo es jetzt taute, kamen die toten Goldfische zum Vorschein. Ihre Tochter sei sehr traurig, sagte sie. Sie selbst ekele sich sehr. Ich fuhr mit dem Rad hin.

Es war der Tag vor meinem zweiundvierzigsten Geburtstag. Ich war von zu Hause ausgezogen und lebte in einer Mansarde in Neukölln. Nachtspeicheröfen, gesonderte Nebenkostenabrechnung. Nur einer im Haus heizte noch mit Kohle, ich. Von Winter zu Winter roch es in Berlin weniger nach Winter. Als ich 1984 aus Oldenburg hergezogen war, wegen der Unistelle, hatte es von November bis März in den Straßen nach Ofenheizung gerochen wie in einer Kantine nach Essen. Der Geruch war kurz nach dem Mauerfall verschwunden. Meine Stelle an der Uni auch. Ich hatte in den Schuldienst gewechselt.

Julianes Freundin stand mit einer Schaufel in der Tür, und gegen ihre Schulter lehnte sich eine Tochter von zehn oder elf Jahren. Eine kleine Frau. Sie trug ein dunkelblaues Strickkleid mit schmalen weißen Streifen an Ärmelbund und Rocksaum. Was die Mutter trug, nahm ich gar nicht wahr. Das Zimmer, in dem Klavier und Sofa standen, ging hinaus auf eine Terrasse. Die Terrasse war morsch. Auf den Bohlen lagen leere Vogelfutterhülsen herum. Der Teich, mit schwarzer Gartenfolie ausgeschlagen, stank. Ein Dutzend Fische, grau und glibberig, trieben auf der Seite. Die Tochter, in den Rahmen der geöffneten Tür gelehnt, versuchte die Bewegungen der Schaufel mitzuzählen.

»Wie viele?«

»Siebzehn«, sagte ich einfach so. Sie verschwand mit der Antwort im Zimmer. Ich grub ein Loch unter dem Holunderbusch. Die Tochter kam mit einem flachen Stein zu mir, der so groß war wie ihr Handteller. Siebzehn Fische, hatte sie mit Filzschreiber auf den Stein gedichtet. Wir legten ihn auf das Fleckchen festgetretene Erde. Sie nahm meine Hand. In der anderen hielt ich noch die Schaufel.

Gleich nachdem ihre Mutter gestorben war, sprach Juliane von Scheidung. Sie hatte einen neuen Freund. An einem Samstag kurz vor Ladenschluß sah ich beide im Supermarkt, sie und den Freund. Ein Pärchen, kein Paar, ein Pärchen ist kürzer als ein Jahr. Der neue Freund hatte viel Haar und war jünger und munterer als ich. Sie standen bei den weißen Schokoladenhasen, die nach Ostern im Sonderangebot waren. Sie war schlanker geworden. Ich wartete, bis sie zur Kasse gingen, dann nahm auch ich einen weißen Hasen in die Hand, denselben, den sie hatten mitnehmen wollen. Abrupt drehte ich mich um. Jemand hatte was gesagt.

»Warten worauf?« antwortete ich noch in der Bewegung.

»Tachchen!« Der dicke türkische Obstverkäufer, den

ich seit langem kannte, stand vor mir. »Wenn Sie bis Montag warten, werden die Hasen noch billiger«, sagte er.

Die Scheidung, der Sommer, Sylvester allein. Niemand rief an, als ich das Feuerwerk über dem schrägen Dachfenster betrachtete. Wie man einen Regentag betrachtet oder sein langweiliges Leben. Niemand rief an, aber ich merkte, ich wartete. Dann schaltete ich den Fernseher aus, warf eine halbe Packung Erdnüsse, geröstet mit Honig, in den Müll, lüftete das Zimmer und ging zu Bett. Am ersten Tag nach den Weihnachtsferien saß die Neue aus Rostock in der letzten Bank, Fensterreihe. Hübsch war sie auf eine provinzielle Art, als sei sie noch nicht lange in der Stadt. Das Mädchen neben ihr war hübscher, aber die kannte ich schon. Und was heißt schon hübsch in dem Alter, wenn ihnen allen die Schultern noch glänzen, das Make-up eine Frau aus ihnen machen soll und die getuschten Wimpern wie Fliegenbeine von den Lidern abstehen? Die Aufsätze der Neuen aus Rostock zeigte ich den Kollegen, weil sie mir unheimlich waren. Vor allem, wenn ich an Namen und Alter der Person dachte. Nadine Kowalke, dreizehn. Bevor sie ihre Klassenarbeiten schrieb, band sie sich die Haare zusammen, damit räumte sie sich selbst aus dem Weg. Die anderen Schüler drehten sich in dem Moment immer nach ihr um.

Sie sagte, sie wolle Fallschirmspringerin werden.

»Aber du trägst doch eine Brille.«

»Warten Sie ab«, sagte sie.

Der Februar kam, Regen fiel auf den Schnee. In meiner Wohnung bauten sie Zentralheizung ein. Dann war Karneval. Rosenmontag feierte die Schule. Die Klasse kam im Kostüm, ich machte ein Gruppenfoto und trug eine rote Clownsnase dabei. Am gleichen Nachmittag noch verdunkelte ich das schräge Fenster in meinem Bad mit zwei Wolldecken und machte sechsundzwanzig Abzüge vom gleichen Negativ. Am Spiegelschrank stieß ich mir zweimal den Kopf. Ich steckte die Fotos in sechsundzwanzig gleiche Briefumschläge und verteilte sie am nächsten Tag mit der überfälligen Klassenarbeit. Drei Tage später zog ich mittags aus dem Briefkasten einen braunen unbeschrifteten Umschlag unter einem braunen beschrifteten von der Krankenversicherung hervor. Ich stand im Flur.

Sie hatte sich auf dem Foto angekreuzt, mit zwei harten Kulistrichen, letzte Reihe, dritte von links, in einem windweiten Rest von Kleid. Ich drehte das Foto um.

Ich bin's, stand da mit der Schrift, die ich von ihren Aufsätzen kannte. Keine Schrift, ein graphisches Ereignis. Ich schloß den Briefkasten zu und trat vor die Haustür. So fing es an. So sind wir überwältigt worden. Noch nie hatten wir jemandem so gefallen, wie wir einander gefielen. Noch nie.

So hat es wieder angefangen, ich schwör's.

Die Blumengießerin

Den Bambus hinter der Balkontür dürfen Sie nicht vergessen, Adrienne, sagte die Frau, die in der Knesebeck 11 wohnte.

Um das Telefon kümmern Sie sich einfach nicht, und schließen Sie alle Fenster, Adrienne, wenn Sie gehen. Mozart und Beethoven bekommen alle zwei Tage ein Stückchen Apfel.

Mozart und Beethoven?

Auf der Küchenfensterbank stand ein Vogelkäfig. Einer hockte, einer hüpfte, zwei Kanarienvögel. Ein Stück brauner Apfel lag im verdreckten Sand.

Den *Spiegel* am Montag, sagte die Frau, den können Sie aus dem Briefkasten gleich mit nach Hause nehmen, den lesen wir sowieso nicht.

Wir? wollte ich fragen, aber in dem Moment ging das Telefon, und sie schob mich in den Flur. Ich sah mich im Garderobenspiegel an, während ich wartete. Die Frau kam zurück und strich mit drei Fingern über ihren Seitenscheitel.

Bis morgen, sagte sie. Aber morgen würde sie schon verreist sein. Als ich am nächsten Tag kam, stand der Klavierdeckel offen.

Wenn ich die Häuser betrat, in denen ich fremde Blumen und fremde Tiere betreute, traf die Kühle des Hausflurs zusammen mit einem Gefühl, für das ich nur einen Satz hatte, und der war geklaut: Hinter allem liegt etwas anderes. Ich wurde den Satz nicht los. Denn manchmal lachte jemand hinter einer verschlossenen Tür, wenn ich die Treppe hinaufstieg. Manchmal zog in der Wohnung über mir jemand die Schuhe aus, während ich die Post zum Stapel Post auf die Garderobe legte. Ich stellte dann die Gießkanne in die Küchenspüle, ließ schon mal das Wasser laufen und streifte durch die Wohnung. Ich las nicht in den Zeitschriften und Büchern, die herumlagen. Ich las aus den Stapeln aussortierter Kindersocken unter dem Schreibtisch, aus Nasentropfen, Katzenfotos, Stilkämmen und Enthaarungscremes, las die handgeschriebenen Schilder: Nicht in mein Zimmer gucken, gilt für Mama!, ich las aus den Augen der Kuscheltiere, daß ihre Zeit vorbei war, und aus den Gesichtern ausgetretener Schuhe, wie schwer das Leben war. Ich benutzte das fremde Klopapier, das fremde weiße Handtuch, die fremde teure Handsalbe und das Parfüm, starrte auf die verschlossenen Schränke im Bad und ging zurück in die Küche. Mittag. Hitze. Im Herzen der Hitze, die Stille. In der Küchenspüle lief längst die Gießkanne über. Das Wasser war nicht klar. Es hatte die Farbe von Kalk.

In dem Sommer war ich nicht fortgefahren. Die Jobs als Blumengießerin hatte ich über Mundpropaganda bekommen. Ich galt als zuverlässig und diskret, hatte keinen Freund und machte alle Wege mit dem Rad.

Ich war in der Stadt geblieben. Sommer an sich kann auch ein schöner Ort sein. Die Stadt war eine Verheißung und leer. Sie roch wie früher, nach Keller und Kompost und nach Gummi, Staub und Benzin, und an den Fenstern waren die Jalousien über Tag heruntergelassen. Die Stadt roch, als könnte ich, wie früher zu Hause, auf ihren Bordsteinen sitzen, das Gesicht auf ein Knie legen und die Hitze über mir zittern lassen.

In dem Sommer war ich in der Stadt geblieben. Denn in der Stadt fällt Alleinsein nicht so auf, nicht bei der Hitze.

Die Knesebeck 11 hatte zwei Balkone, beide möbliert mit Korbsesseln. Jeden Tag saß ich mal in dem einen, mal in dem anderen Nest aus Stein und Stroh hoch über der Straße, bevor ich die Blumen goß. Oft las ich in Reiseprospekten, die ich mir mitgebracht hatte, und legte die Beine hoch. Die Sessel knarrten, wenn ich die Seiten umschlug. Am Ende jeder Bewegung stieg mir der neue Deoduft in die Nase, den ich fünfmal als Werbegeschenk in den Briefkästen meiner fünf Pflegewohnungen gefunden hatte. Die Proben hatte ich alle eingesteckt. Sie würden bis Weihnachten reichen. Wenn ich mich für ein Hotel entschieden hatte, in das ich nie reisen würde, ließ ich die Prospekte auf dem Balkon liegen und holte die Gießkanne aus der Küche. Kurz darauf mußte ich das erste und manchmal einzige Mal am Tag sprechen. Denn ich hatte regelmäßigen Kontakt mit dem Besitzer des Cafés unter den zwei Balkonen. Die Blumen, von mir unter Wasser gesetzt, pinkelten aus ihren Kästen und Töpfen auf seine Gäste. Und so kam es, daß der Cafébesitzer meistens der erste war, mit dem ich am Tag sprach, was anstrengend war. Denn mit ihm mußte man immer gleich schreien.

Aber nachts war ich noch nie in der Wohnung gewesen. Noch nie, dachte ich, als ich an jenem Montag früh gegen vier Uhr die Etagentür zur Knesebeck 11 mit dem Fuß auftrat. Es war Mitte August. Wie still die Wohnung im Dunkeln lag. Diese Stille mußte Gott sich ausgedacht haben, als er noch sehr jung war. Sicher waren alle Fenster geschlossen, ja sicher, ich hatte es selbst erledigt. Ich öffnete den Mund und dehnte den Unterkiefer bis zum Anschlag. Den Wattenebel in den Ohren hatte ich aus der Disco mitgebracht.

23 Grad im Schatten der Nacht waren es gewesen, als ich zehn Minuten zuvor am Türsteher der Disco vorbei auf die Straße getreten war. Es war spät geworden, hatte ich irgendwann auf der Uhr meiner Nachbarin gesehen, die einen langen Rock trug mit einem Elefanten drauf, der seinen Rüssel von ihren Knien aufwärts Richtung Scham hob. Ein Dutzend Frauen in hochsommerlichem Babyweiß hatte vorsichtig für schwarze Männer mit schweren runden Oberarmen getanzt. Sie tanzten mit Handtasche, die Riemen zwischen den Brüsten, die Arme angewinkelt, die Hände wie schlappe Pfötchen vor dem Leib. Blütenlos. Ein anderes Wort fiel mir nicht ein. Nur eine trank keine Weißweinschorle und ging nicht ständig aufs Klo. Sie sah jung aus, weil sie so dünn war. Eine Lateinamerikanerin wohl, hohe Holzsandaletten, straffe Zöpfchen, im Sambaschritt, am Rand einer Bierlache. Sie tanzte und lächelte, hob den Kopf, senkte die Lider, lächelte nach innen, sparsam und trocken. Eine andere Frau sah das Lächeln und tanzte anders danach, aber da hatte die in den Holzsandaletten bereits dem einzigen weißen Mann im Raum einen Blick zugeworfen, und er kam im Seitwärtsschritt aus dem Schatten einer Musikbox hervor. In der Linken hielt er seine Bierflasche fest am Hals. Ich glaube, in dem Moment schlug ich auf meinem Barhocker die Beine übereinander und griff in die linke Hosentasche. Auf der Tanzfläche waren er und sie sich mit den Hüften

früher begegnet als mit dem Blick. Er hielt noch immer die Bierflasche fest. Seine helle Leinenhose hing ein wenig am Hintern, war aber bestimmt teuer gewesen. Er trug braune Schuhe ohne Socken. Sie schob ihren Hintern in den Schoß des Mannes mit der Leinenhose. Es paßte, und ich dachte an Kuba und Bali, wo ich noch nie gewesen war. Sie machte plötzlich eine halbe Drehung und der Mann dazu ein Gesicht wie einer, der fällt. Sie griff, ohne die Lider zu heben, in seine Hosentasche und flüsterte dabei in sein Ohr. Er lächelte verlegen. Er zog einen Schlüssel aus der Hosentasche und küßte ihren Hals. Sie schob den Hintern zurück und gegen ihn, der eine Kuhle mit dem Körper machte, für sie. Ich hatte noch immer die Hand in meiner linken Hosentasche. Als ich sie herauszog, hatte ich auch einen Schlüssel in der Hand. Aber nicht meinen. Den hatte ich vergessen. Statt dessen stand Knesebeck 11 auf dem rosa Anhänger. Die Wohnung lag gleich um die Ecke und mein zweiter Schlüssel war bei der Hauswartsfrau deponiert. Aber die schlief.

Die beiden gingen von der Tanzfläche. Er stellte, ohne mich anzuschauen, seine Bierflasche auf meinem Tisch ab und schob die Frau zur Tür. Ich saß noch auf dem Hocker, mitten in der lauten Musik, und schaute weg. Ich schaue immer weg, wenn ich merke, ich werde sowieso nicht gesehen.

Wenn ich sonst mittags oder am frühen Nachmittag aufschloß, lagen die Zimmer zum Hof im Schatten, und in denen zur Straße staute sich die Mittagshitze. Eine Hitze, die man sieht. Die Frau, die hier wohnte, war mit Tochter, Hund und zwei Katzen auf dem Land. Die Frau mit dem Seitenscheitel, die vergessen hatte, den Klavierdeckel zu schließen.

Gleich neben der ersten Tür knipste ich die Stehlampe auf einem Blumenhocker an. Es roch nach Schlafzimmer bis in den Flur hinein. Ich trat mit der Ferse die Tür ins Schloß, versperrte von innen und zog den Schlüssel ab. Ich hätte ihn besser stecken lassen.

Dann schaute ich mich um. Die Wohnung hatte die Farben der Leere und des Regens.

Im Flur stand ein Paar Gummistiefel, das ich vor einigen Tagen dort gelassen hatte, als es plötzlich warm geworden war und ich in den neuen Riemchensandaletten nach Hause radeln wollte. Sandaletten, von denen ich nicht einmal das rote Preisschild unter den Sohlen abgezogen hatte. »Preissturz«, stand darauf. Vielleicht war ich deswegen auf dem Nachhauseweg vom Rad gefallen. Kurz nur, und nicht schlimm. Hauptsache war, es hatte keiner gesehen. Ich ging an den Gummistiefeln vorbei, den Flur entlang, der mir im Dunkeln länger vorkam als im Hellen. Aus der Küche hörte ich das Ticken einer Uhr, aus dem Bad das Tocken der Therme, die nicht abgestellt worden war.

Der Flur war nicht ganz zwölf Schritte lang. Ich ging an den Türen vorbei, die ich alle geschlossen hatte, als ich am Samstagnachmittag da gewesen war. Linker Hand lagen die Zimmer zur Straße, rechter Hand die zum Hof. Am Ende des Flurs stießen zwei Zimmer in einem flachen Winkel aneinander. Ein Gästezimmer zum Hof und ein Kinderzimmer für die frühreife Tochter, die wie ihre Mutter einen Seitenscheitel trug. Einen auffälligeren Seitenscheitel als bei anderen Menschen. Ich weiß auch nicht, warum. Im Gästezimmer roch es nach alten Zeitungen. Auf dem hellen Teppich, dem die Wolle hoch stand wie ungemähtes Gras, lag ein Kleiderbügel aus Draht. Ich hob ihn auf. Ein schmales Metallbett mit weißer Tagesdecke, ein Servierwagen, darauf eine Sprühflasche Glasreiniger mit Pistolengriff, neben die ich den Kleiderbügel legte. Vor der schmalen Verbindungstür zum Nachbarzimmer stand ein Rollschrank, der sich von oben nach unten öffnen ließ. In seinem Schloß steckte kein Schlüssel.

Jenseits des Fensters schälte sich der Tag aus der Nacht. Ich setzte mich auf das Bett und streifte mit den Füßen die Sandaletten ab. Dann legte ich den Finger an den Mund.

Da war ein seltsames Geräusch. Ich sah den Rollschrank an und dachte durch die halb geöffnete Tür des Gästezimmers in den langen Flur hinein.

Und wenn ich noch einmal aufstehen und anklopfen würde, da drüben beim Schrank?

Was würde dann geschehen?

Würde mir nicht ein leises gemeines Lachen auf der anderen Seite der Jalousie antworten, das ich geweckt hatte? Hinter allem lag etwas anderes.

In dem Moment beschloß ich, nie zu heiraten. Ich weiß nicht, warum.

Ich zog den Reißverschluß der Jeans herunter und schaute dabei auf die Front des Rollschranks. Eine Jalousie. Um zu sehen, zieht man sie herunter, um nichts zu sehen, zieht man sie hoch.

Ich legte mich auf das Bett und zog die Hose im Liegen herunter, danach die verrutschte Unterhose hoch und streckte die Beine aus. Den Kopf rollte ich zur Wand. Ich legte das Gesicht in meine Haare. Sie rochen nach der Stadt. Draußen wurde das Licht wach, fuhr ein erstes Auto vom Hof, dann noch eins, und die kleineren Fenster vom Neubau im Hinterhof wurden gelb, Küche und Bad. Ein häßlicher fünfstöckiger Bau aus den sechziger Jahren.

Dort standen leere Flaschen statt Blumen am Fenster. Dort brauchten sie keine Blumengießerin. Daß ich nicht recht weiß, was ich fühle, was ich denke, was ich bin, dachte ich, während mir die Augen zufielen. Und daß ich aber auch keinen habe, der mir das sagt.

Und auch keinen suche.

Wieder glaubte ich das seltsame Geräusch zu hören, schlief aber bereits ein. Es blieb, das feine Geräusch. So eins, das versucht, keines zu sein.

Und, was hat er gesagt?

Er hat mich gefragt, ob ich …

Hat er sein Rad dabei geschoben, ein rosa Damenrad?

Entschuldigung, warum fragst du?

Wieso, ist das indiskret, und übrigens, hast du die gesehen?

Welche?

Die da.

Ach die auf dem Bett!

Beim Aufwachen lag ich mit dem Gesicht unter dem Kopfkissen.

Ich schob die Nase vor, und mein erster Blick fiel auf den Rollschrank. Von da kam das Geräusch, dieses Geräusch, das zu raffiniert war, um von einem Tier zu sein. Es war, als atmete hinter der Jalousie etwas genauso wie ich. Mal lauter, mal leise.

Ich habe doch gesagt, du sollst nicht lachen.

Entschuldigung, ich kann nicht anders.

Aber wir sind hier nicht allein.

Egal, wenn ich nur daran denke, muß ich lachen.

Leiser, du hast sie schon geweckt.

Mir doch egal. Also, er sagte …

Na sag schon?

Er sagte, der Besitzer des Cafés hier unten im Haus habe eine Initiative gestartet: Kunst und Kuchen. Der Besitzer und er wollten für das kommende Jahr einen alternativen Weihnachtskalender herausgeben unter dem Motto: Schöne Frauen aus Vororten.

Mensch, das hat er bei mir genau so gesagt.

Ja, ja, kann sein, aber bei mir ist das doch etwas anders.

Du meinst, du bist schöner.

Kann sein, jetzt, wo du es sagst, fällt es mir auf. Denn er meinte tatsächlich: Sie sind schön, meine Schöne! Und sein Daumen stieß immer wieder nervös gegen die Radklingel dabei.

… und sein Daumen stieß immer wieder nervös gegen die Radklingel dabei? Wie aufregend! Und dann?

Dann hat er mir seine Visitenkarte dagelassen.

Mir auch …

Ich habe ein paar Tage später angerufen.

Ich auch.

Nur so?

Nur so.

Während ich aufstand, nahm ich den Kleiderbügel, der auf dem Serviertisch lag, in die Hand. Den Haken aus festem Draht stieß ich in das Schlüsselloch des Rollschranks. Während ich drehte und drückte und zog, veränderte sich der Raum. Sogar die Luft schien plötzlich verbogen. Überrascht, wie leicht das Schloß dem Bügelhaken nachgab, sah ich die Jalousie herunterrasseln und blieb einen Moment stehen. Zwei Arme hingen an meinem Körper herab, zogen mich nach unten, ich brach zusammen, nein, knickte nur ein, nichts Großes, nichts, wobei der ganze Körper aussetzt. Es war ein kleines hilfloses Zu-Boden-Sinken, als hätte ich vergessen, wie man aufrecht steht.

Ich kroch zum Bett zurück.

Das Geräusch blieb in meinem Rücken. Ein unterdrücktes Gequatsche von Frauenstimmen.

Also ich habe mich für diesen Weihnachtskalender nicht geschminkt.

Also ich auch nicht.

Ich hatte dicke Augen.

Ich auch, und seid ihr auch an dem See gewesen?

Ja. Gleich nach der Überschwemmung. Eine Überschwemmung war das, hat er gesagt und dabei beide Arme gehoben. Er hat an der Blende gedreht, die Kamera hochkant gedreht, ist fünf oder sechs Schritte zurückgegangen und hat sich an die Nase gegriffen. Dann hat er blind den Linsendeckel in die Manteltasche gesteckt.

Hat er geredet?

Wenig.

Und du?

Und ich sah in dem Moment ein Mädchen in Gummistiefeln am Rand des Wassers entlangspazieren, mit nackten Beinen in Gummistiefeln, stell dir vor, als sei dem Weg, den sie immer ging, nichts geschehen. Er sah ihr hinterher, und ich dachte, die ist als nächste dran.

Ja, so war es bei mir auch. Nur die mit den Gummistiefeln war an dem Tag nicht da.

Aber später, wetten?

Meinst du?

Ja, schau doch mal.

Der Rollschrank stand offen.

Mehrere Stapel von DIN-A4-Briefumschlägen, Farbe Packpapier. Sie fühlten sich rauh an und rochen süßlich. Als ich sie berührte, verging dem Geräusch das Kichern, dann verging das Geräusch. Jahreszahlen, Ortsangaben und Frauennamen standen da, wo sonst die Adresse steht. Isabelle, Paris 1972, Anna-Clara, Albanien 1973, Nora, Recklinghausen 1975, Karin, Recklinghausen

1975/78, Viola, Berlin 1980, Angela, Leipzig 1980, Annalisa, Mailand 1989 …

Ich wischte mit beiden Händen über meine bloßen Beine und öffnete den ersten Umschlag noch nicht. Ich las die Namen. Manche tauchten doppelt auf. Anne, zum Beispiel, oder Brigitte. Aber das lag wohl am Jahrgang. Eine Tüte war nicht beschriftet. In die schaute ich zuerst.

Mensch, Mädels, ihr hättet euch aber auch mehr anziehen können, dachte ich. Es waren Fotos. Fotos von Frauen. Die meisten in Farbe und technisch von keiner besonderen Qualität. Auch wenn die Frauen schön waren, hatten die Bilder etwas Schäbiges. Als zeigten sie, was nur dem Moment abgerungen war. Ein Moment, von dem die Frauen vielleicht später nichts mehr würden wissen wollen. Die meisten Fotos waren aus den siebziger und achtziger Jahren, die Frauen nackt, oder fast nackt. Sie räkelten sich auf Patchwork-Decken, die sie vielleicht selbst gehäkelt hatten, gingen in die Rückbeuge, die Knie gespreizt, den Mund halb geöffnet, sie trugen Zaumzeug aus dem Erotikshop, Strapse, Tangas, durchsichtige Brustheber, alles aus billigem Nebel gemacht, sie öffneten kleine Lederjacken mit nichts darunter, liefen nackt am Meer entlang, gaben vor einem offenen Kamin einem Hund eine dicke Plastikmohrrübe, während eine Brust aus dem T-Shirt und das Haar ins Gesicht fiel, oder das Haar fiel auf einen Männerbauch, und sie hatten sich fotografieren lassen, eine Torsolänge vom Fotografen und seinem Apparat und seiner Hand am Auslöser entfernt, während sie ihm mit Hand und Mund Lust machten, mit vollem Mund noch zu lachen schienen oder zu weinen. Das kam auf die jeweilige Größe des jeweiligen Frauenmundes an.

Auf einem Foto saß eine Frau auf einem Rad. Sie war

von hinten aufgenommen, ein Fuß am Boden, einer auf dem Pedal. Der kurze Rock hochgerutscht, an dessen Saum die blanke Haut vom Hintern, den sie herausstreckte. Sie drehte sich um und streckte auch ihr Lächeln heraus und sagte etwas dabei. Entschuldigung, sagte sie? Ich sah zwischen den beiden Hälften ihres Hinterns den Sattel. Es war ein rosa Damenrad. Ich zog die Hand zurück, und sofort begann das Flüstern neu.

Und, ist dir was an ihm aufgefallen?

Ja. Im ersten Moment dachte ich, er hätte einen Bart. Aber er hatte keinen. Es war nur so ein Schimmer, so ein Eindruck. Etwas, woran man sich aber nicht gewöhnen kann.

Vielleicht, daß er sein Gesicht nicht zeigen wollte.

Wem nicht? Dir?

Nein.

Wem dann nicht?

Jetzt lach aber nicht.

Wem!

Gott.

Vor dem Fenster schrieen Vögel. Der Morgen schlich sich grau in den Hinterhof. Wie gut, dachte ich in dem Moment wieder, wie gut, daß mich keiner sieht.

Da stand in der Tür ein Mann, den ich noch nicht kannte.

Der Sommer war vorbei. Die Hitze blieb. Ich blieb mit der Hitze. Ich hatte nicht gewußt, daß zu den beiden weiblichen Wesen mit Seitenscheiteln ein Mann gehörte. Bevor dieser Mann mich das erste Mal küßte, hatte er nach meiner Brust gegriffen. Zwischen ihm und mir gab es nichts Persönliches, außer der Temperatur, die nicht sinken wollte. Ich fütterte weiter Mozart und Beethoven, gab ihnen frischen Sand, aber keine Apfelschnitze, goß weiter die Blumen, und danach schliefen wir jedesmal miteinander. In dem Moment, als er in der Tür gestanden hatte, hatte ich das Gefühl gehabt, plötzlich unter einem freien Himmel und in einer Dunkelheit mit jemandem zu stehen. Etwas war möglich geworden, in dieser unmöglichen Situation. Sein Rollschrank war offen. Es war seiner. Das wußte ich sofort, und so fing alles an. Wir waren beide einsam. Das verband uns, egal wie oder wer der andere sein mochte.

Guten Abend, habe ich deshalb gesagt, während ich noch vor dem Rollschrank kniete, und bin dann aufgestanden. Dabei habe ich auf den verbogenen Bügel getreten.

Guten Abend, sagte auch er, bleiben Sie doch.

Ich blieb.

Hatte ich bisher gedacht, ich sei ein einsamer Mensch, so wußte ich nun, ich hatte noch nie einen einsamen Menschen gekannt, bis ich ihn traf. Er war mißtrauisch, er war schüchtern, manchmal ängstlich, unauffällig, vielleicht auch kläglich. Er war zwei Jahre jünger als mein Vater und ein zerbrechlicher Mann. Unter seiner Zerbrechlichkeit litten, glaube ich, die anderen mehr als er selbst. Er war überraschend zärtlich und redete kaum. Manchmal schrieb er, was ihm vom Tag übrig bleiben sollte, in kleine schwarze Hefte mit rotem Rücken. Er nahm sich sehr wichtig, aber merkte es nicht. Er hatte keinen Vater und war nur mit seiner Mutter aufgewachsen. Soviel wußte ich. Sie war mit ihm allein gewesen, aus ihrem Alleinsein war seine Einsamkeit gewachsen. Die Einsamkeit mußte so etwas wie eine ältere Schwester für ihn geworden sein, eine Schwester mit großen kalten Brüsten. Eine Schwester, die er liebte. Keine andere Frau sollte dazwischenkommen.

Er war Ausstellungsmacher, freiberuflich. Er war ohne Frau und Tochter frühzeitig aus dem Urlaub zurückgekommen. Er fuhr ein rosa Damenrad.

In der ersten Nacht, die schon ein Montagmorgen war, hatten wir noch im Gästebett gelegen. Wenn ich ihn berührte, lag meine Hand auf. Aber nicht auf ihm. Trotzdem. Er hatte versichert, er wolle nur bei mir liegen, nicht mit mir schlafen. Wir lagen wach, manchmal überfiel uns ein fahler kurzer Schlaf. Anfangs taumelte ich von einer Empfindung zur nächsten, vielleicht, weil ich schon länger nicht mehr neben einem Mann gelegen hatte und aus der Übung war. Einmal schlief ich ein und dachte, die Fläche, auf der wir liegen, ist kein Bett, sondern eine Falltür, jenseits davon geht es weiter, vier Stockwerke tief, dann Boden, dann Wärme, Hitze, Glut, Rot, Abgrund, tot. Weil ich selber ungeschickt war, fiel mir seine metallische Art, Liebe zu machen, nicht gleich auf. Später schon. Auch als es länger mit uns ging, kamen wir einander nicht näher. Immer ließ er mich allein kommen. Immer paßte er auf. Er sagte leise: Schrei doch! Schrei doch!, und ließ mich dann leer zurück. Die Iris seiner Augen war ohne schwarzen Rand. Vielleicht konnte ich mir deswegen die Farbe seiner Augen nicht merken. Trotzdem. Er war ein leidenschaftlicher Mensch.

Es war 5.26 Uhr, las ich eines Morgens, zwei oder drei Wochen nach unserer ersten Begegnung, auf dem Wekker, dessen Bewegungsmelder ihn immer aufleuchteten ließ, wenn ich mich ihm mit der Hand näherte. Wir lagen nicht mehr auf dem Gästebett, sondern in dem großen. Das Schlafzimmer war japanisch eingerichtet. Weiße Schiebetüren, niedriges Bett, über dem Bett ein ebenfalls japanisches Bild, ohne Schatten. Der Morgen, der grau ins Zimmer zog, zeigte das Alter in seinem Gesicht. Daß er mich in der Hand hatte, indem er nicht sprach, darüber redeten wir nicht. Daß er mich mit dem Rollschrank in der Hand hatte und nicht ich ihn, obwohl ich deswegen etwas über ihn wußte, auch darüber redeten wir nicht. Er tat so, als hätte es den ersten Moment unserer Begegnung gar nicht gegeben. Wie legte er sich unser Kennenlernen zurecht?

Es war 5.30 Uhr, las ich, als ich die Hand noch einmal Richtung Wecker bewegte. Ich starrte auf das Zifferblatt, dann schaute ich unter das Bett.

Dort lag ein Fotoapparat.

Am Morgen dann fand er auf dem Balkon die Reiseprospekte, die unter den Korbsessel gerutscht und feucht geworden waren, und er fragte: Willst du in diesem Jahr noch weg? Ich erzählte ihm, wie ich zu den Prospekten gekommen war.

Das Angebot hatte ich aus einem Reisebüro an der Frankfurter Allee mitgenommen, die Straße, die nach Polen führt, wenn man lange genug geradeaus läuft, sagte ich. Busreisen nach Marienbad und Karlsbad hatten mich damals besonders interessiert, sagte ich. Individuelle Anreise oder mit Bus, hatte damals die Dame hinter dem Schreibtisch gesagt, und Einzelzimmer mit Aufschlag. Sie trug trotz der Hitze eine beige langärmelige Bluse und zeigte auf Zimmer mit bunter Bettwäsche, gemusterten Teppichböden, Fernseher und Kletterpflanzen in den Ekken, überall. Sie zeigte auf Fotos von Schwimmbädern, wo nackte blonde Frauen spitz ihren Fuß ins Wasser hielten. Das lange Haar hat die Brüste verdeckt, sagte ich.

Willst du dahin, fragte er.

Einzelzimmer, sagte ich, ich habe nur nach Einzelzimmern gefragt. In Druckbuchstaben, die sich anmutig und nach links aneinanderlehnten, hat die Dame mit der Bluse ihren unaussprechlichen Namen neben den Telefonstempel geschrieben, sagte ich und merkte, die vielen Sätze, die ich machte, drückten sich um einen Satz herum: Was hast du in der Nacht mit dem Fotoapparat gemacht?

Aber ich zuckte nur mit den Schultern und ging die Blumen auf dem Balkon gießen. Er stand neben mir, schaute über die Brüstung und winkte. Ich schaute ebenfalls hinunter und zog den Kopf gleich wieder zurück. Unten winkte der Cafébesitzer und schrie nicht. Ich war längst vorsichtiger geworden.

Er hatte zu Anfang gesagt, ich solle ruhig weiter kommen, um die Blumen zu gießen. Er müsse in den kommenden Wochen immer mal wieder weg

Wie lang seine Frau noch fortbleiben würde, hatte ich da gefragt, und er hatte gesagt, wie lang ist lange. Am Ende seines Satzes war kein Fragezeichen gewesen.

Mit der Gießkanne in der Linken stand ich hinter ihm. Er strich dem Rosmarin über den Kopf. Ich schaukelte mit der Gießkanne, und ein Rest Wasser schwappte hin und her. So standen wir eine Weile, hörten auf das Wasser, bis er fragte:

Willst du einen Ausflug machen?

Will ich, sagte ich. Morgen, Freitag?

In der Nacht sagte er zu mir, du findest mir meine Seele wieder, und ich sah zur Tür.

Der See. Ich kannte ihn schon, aber nur aus einem Buch von Fontane. Er lag knapp zwei Stunden von der Stadt entfernt. Als wir ankamen, schaute der Abend bereits tief ins Wasser hinein. Denn der Sommer hatte schon einen braunen Rand. Am Ufer hatten die Kinder ihre Badetücher umgeschlagen und froren an den dünnen Beinen. Wir nahmen ein Boot. Er ruderte, und ich zog mich aus. Ich schwamm auf die Mitte zu, wo die Stille wohnt. Das Wasser war an dieser Stelle veilchenfarben. Das wollte ich ihm unbedingt sagen. Ich schwamm zurück zum Boot und wollte wieder hinein. Ich konnte mich nicht hochziehen. Er lachte. Ich sah, wie weit seine Zähne auseinanderstanden. Zwei Hände, mein gekrümmter Fuß auf der Bootskante, es ging nicht. Im Wasser trat ich ins Leere. Da ließ er die Ruder sinken, beugte sich hinunter zu mir, küßte mich. Ich fror. Dann griff er mir unter die Achseln, und ich sah das Bild, das wir abgaben, von außen. Ein großer, weißer, unbeholfener Fisch, ohne Schuppen und mit gespaltenem Schwanz, wird von einem zerbrechlichen Mann in einen schwankenden Kahn gezogen. Holunder und Birke und ein paar bärtige Tannen schauten vom Ufer aus zu. Und gleich unter der Wasseroberfläche die Stichlinge. Ich dachte, ich weiß nicht, was aus mir wird, wenn ich zu lange in seiner Nähe bleibe. Ich hockte auf den Bootsplanken, ein Handtuch hatten wir vergessen. Ich zog meine Kleider über die nasse Haut.

Laß die Unterwäsche aus, sagte er.

Ja, sagte ich, wie Schafe »mähhh« sagen.

Noch nie hatte ich mich unter meinen Händen und meinen eigenen vertrauten Bewegungen so nackt angefühlt. Auf der Holzplanke blieb der Abdruck meines nassen Hinterns. Ein breiter Hintern aus Hückeswagen, dachte ich. Hückeswagen, wo ich geboren bin.

Als wir das Boot zurückgaben, waren wir die letzten Gäste am Steg. Die Papierkörbe längs der Uferabsperrung warfen lange Schatten, und in einem zusammengeklappten Eiscafé lagen auf den Holztischen die Holzstühle, die Metallbeine an den Bauch angezogen und feucht, mit den braunen Blättern bestreut, die ein erster Herbstwind über sie verteilt haben mußte. Neben dem Eiscafé waren die Boote des Ruderclubs zum Streichen aufgebockt, es roch nach frischer Farbe, und das wettergraue Holz vom Steg splitterte unter meinen Füßen.

Paß auf, sagte er, und ich dachte, er meinte meine nackten Füße. Ich legte die Hand auf seinen Arm, suchte mein Gleichgewicht und zog die Sandalen an. Sie waren staubig.

Paß auf, sagte er noch mal, ich weiß ein Haus in der Nähe. Hinter dem Haus ist ein Park. Ich würde gern mit dir dahin gehen, denn das Licht ist so schön.

Er zog seinen Fotoapparat aus der Tasche.

Das Haus war weiß, rauh verputzt, das Dach spiegelte sich im Abend violett, die Fenster schiefergrau. Es war ein neueres Haus, aus den Siebzigern. Von einem Fensterbrett sprang eine rote Katze, und hinter dem Fenster zur Küche hing ein schmutziger Aufnehmer, starr vor Trokkenheit, über einer Trittleiter. Es war diese Wochenendstimmung, die einen einholt, wenn man als letzter nach der Arbeit von einem großen, dann leeren Parkplatz fährt. Ein Kind wirft seinen Ball immer wieder gegen die Hauswand und bleibt allein zurück. Irgendwo mäht jemand Rasen, nimmt dann den Besen und schickt das leise, fast zärtliche Geräusch von Borsten auf Stein herüber, während man selber längst zerstreut weggefahren ist.

Da wohnt ja noch jemand, sagte ich. Irgendwo spielte ein Radio.

Hier wohnt keiner mehr, sagte er.

Bist du sicher.

Ja.

Der Regen hatte die weißen Außenwände verfärbt.

Obwohl die Fenster geschlossen waren, glaubte ich, die ungelüfteten Zimmer zu riechen, den Bohnerwachs auf den Holzfußböden und in Bad und Flur und Küche das strenge Einheitsputzmittel der ehemaligen DDR.

Ich schloß die Augen. Hinter den Lidern der See war glatt, gefroren. Ich öffnete die Augen. Er hielt mir eine weiße Plastiktüte ohne Aufschrift hin.

Da.

Was soll ich damit.

Anziehen, sagte er.

Die Tüte war sehr leicht. Ich zog ein weißes Korsett, das zwischen den festgekurbelten Nähten durchsichtig war, und ein Paar halterlose weiße Strümpfe mit weißem Satinsaum heraus.

Alles in Weiß, murmelte ich. Ich trage eigentlich nie Weiß.

Anziehen, für mich. Er lächelte. Wieder sah ich die Zähne, die sehr weit auseinanderstanden.

Ich habe Schwierigkeiten, nein zu sagen. So bin ich in die dümmsten Situationen gekommen. Und so zog ich das Zeug hinter einer Hecke an, zog die Nähte unter den Brüsten zurecht und den schmalen Zwickel aus dem Hintern, band die Haare hoch, um wenigstens ein ernstes Gesicht freizulegen, und faltete sorgfältig meine Kleider auf der Plastiktüte im Gras zusammen. So sorgfältig, daß ich wissen würde, wohin ich gehörte, wenn dies hier vorbei wäre. Noch immer spielte das Radio, Hotel California, und jemand, der im Stimmbruch war, sang mit.

Zieh die Sandalen aus, sagte er, als ich hinter der Hecke hervorkam. Die passen nicht zu den Strümpfen.

Ich zog sie aus.

Setz dich da hin. Er zeigte auf eine Bank unter einer Birke.

Nein, nicht die Beine übereinanderschlagen, sagte er. Das paßt nicht.

Er schraubte den Verschluß vor der Linse ab und steckte ihn blind in die Jackettasche. Dann ging er fünf oder sechs Schritte rückwärts.

Schade, sagte er, die Druckstreifen von deiner Unterhose und dem BH sieht man noch.

Er drückte ab.

Wo hast du denn dieses Zaumzeug her?

Aus einem Katalog, sagte er. Ich habe es aus einem Katalog bestellt.

Ein Vogel flog auf. Erst spät sah ich, es war eine Ente, die sich auf die Regenrinne des Dachs setzte. Ein Erpel mit glänzender grüner Brust, wirklich, ein Erpel. Die Farbe meiner Haut verbündete sich mit der Farbe des Abends. Er wechselte den Film dreimal. Jemand mit einem Dieselauto fuhr vorn am Haus vorbei, wo auf beiden Straßenseiten die Kastanien ihre Früchte in die Gosse warfen. Aus dem Radio kamen dann der Verkehrsbericht und die Warnung, daß irgendwo eine Kuh auf der Fahrbahn stehe. Ich stellte mir vor, wie die Kuh stand. Stur und fest mit dumpfen schwarzen Augen, und er sagte, was machst du denn für ein Gesicht.

Da lächelte ich. Ich lächelte, während ich mich über mich ärgerte. Ich lächelte, bis mein Gesicht das einer anderen war. Als wir aufhörten, war es noch nicht dunkel, aber mein Gesicht war leer. Ich sah zum Haus hinüber.

Was ist?

Da war ich schon mal, sagte ich, da in dem Haus.

Schweigen.

Ich weiß, warum es leersteht.

Schweigen.

Später sagte er dann doch: Was du alles weißt.

Sie war gerade erst mit ihm in das Haus gezogen, sagte ich, und jetzt wohnt er allein hier, unten im Keller. Manchmal des Nachts steht er am Fenster, wo Gras und Brennesseln hereinschauen, und ruft um Hilfe, so wie er in der Nacht um Hilfe gerufen hat, als er seine Frau ermordete.

Ich sah ihn an. Ein kleines Gesicht, dichtes, welliges, graumeliertes Haar, eine helle Hose, ein dunkles Jackett. Seine Hemdbrust leuchtete in der anbrechenden Dunkelheit unverschämt weiß.

In der Nacht nahm er mich nicht mit zu sich, sondern fuhr zu meiner Wohnung. Das war noch nie geschehen.

Warum? fragte ich, und so ein Haß, mit dem man seine Mutter haßt, wenn man dreizehn ist, stieg in mir hoch.

Was macht deine Frau, fragte ich, während ich noch einmal zum Abschied meinen Kopf durch die geöffnete Beifahrertür schob.

Gute Nacht, sagte er, bis morgen.

Bis morgen, sagte ich und hielt dabei die Hand vor den Mund.

Meine Wohnung liegt parterre. Als er gefahren war, setzte ich mich auf die Fensterbank und sah hinaus. Wie lange war es her, daß ich an meinen einsamen Sonntagen im Sommer, an denen ich keine Blumen gegossen hatte, hier beide Fensterflügel geöffnet und ein grünes, mittlerweile dünnes Badehandtuch auf die Fensterbank gelegt hatte, das schon in Griechenland und Frankreich und sonstwo mit mir gewesen war? Wie lange war das her, daß ich mich mit einem Buch auf die Fensterbank gesetzt hatte, um dann noch einmal herunter zu rutschen, das Radio leise anzustellen, eine Flasche Wasser aus dem Kühlschrank zu holen und gleich auch noch ein Eis dazu, dann zum Fenster zurückzugehen und das verrutschte

Badehandtuch wieder zu richten, das Handtuch der vergangenen Sommer, das mit seinem Saum weit über die Heizung hing. Wie lange war es her, daß ich den Rücken gegen die Scheibe lehnte, das Eis aß und vergaß, es zu schmecken. Wie lange war das her, daß ich so ruhig in meinem Alleinsein eingerichtet gewesen war? Die Sonne wanderte von den Füßen aufwärts zum Rocksaum, über die Leisten steiler hinauf zur Taille, die Sonne wanderte über die Buchseiten hinweg, bis die ganze Geschichte im Schatten lag, und der Nachmittag über der Straße auch. Nur ein kleiner Junge fuhr dann immer mit seinem Tretroller auf und ab und tat so, als wolle er die parkenden Autos rammen. Und weil über Radio, an jenem Sonntag damals, Mädchen mit kleinen Stimmen einen kleinen Freund in ihrer Nähe gesucht hatten, einen, der Löckchen oder ein schnelles Auto, Erfahrung oder Humor haben sollte, war es dann alles so gekommen. Es war diese Sehnsucht in dem Kichern zwischen Lied und Lied gewesen, die mich auf die Idee gebracht hatte, auch einmal wieder tanzen zu gehen.

Oder war nur die Sache mit dem Schlüssel schuld gewesen?

Ich rutschte von der Fensterbank, schloß das Fenster, denn es war Nacht und kühl geworden. Ich ging zum ersten Mal seit Wochen wieder in mein eigenes Bett, legte den Kopf auf das Kissen und dachte, das bin ich, dieser Geruch. Das bin noch immer ich.

Und seine Frau? Was macht die jetzt?

Sie macht einen Tanzworkshop und ein Seminar in Astrophysik in Italien, meine Frau. Er sah das Marmeladenglas an, nicht mich.

Er antwortete, ohne daß ich gefragt hatte. Also log er?

In Italien?

Er zögerte einen Moment, dann nickte er.

In Italien.

Und Eure Tochter?

Sie ist ihre Tochter. Ich habe keine Kinder.

Wann kommt sie wieder?

Er sah weiter das Marmeladenglas an, und seine Frau kam auch in der nächsten Woche nicht.

Warum kommt sie nicht, fragte ich.

Ich fand eine detaillierte Telefonabrechnung auf dem Küchentisch. Es tauchte kein einziges Mal die Landesvorwahl Italien auf. Dabei war ich oft genug weg, so daß er ungestört hätte telefonieren können. Fast nie rief jemand an, wenn ich da war. Auch seine Frau nicht. Tagsüber fuhr ich meine vier Pflegewohnungen ab und war weiterhin selten in der eigenen. Eigentlich nur, um ein paar wärmere Sachen zu holen, denn das Wetter wurde unbeständiger.

Was ist mit den Fotos, fragte ich an einem Sonntag, an dem wir auf dem Teppich vor dem Fernseher lagen. Es war Nachmittag, es lief ein tschechischer Märchenfilm.

Was ist mit den drei Filmen, die du von mir verknipst hast?

Alle nichts geworden, sagte er.

Alle drei?

Ja, alle drei nicht.

Er rollte auf die Seite und legte mir eine Hand auf das Gesicht. Ich schwieg.

Seine Frau kam auch in der folgenden Woche nicht, und er mußte für einige Tage weg.

Du kannst deine Sachen ruhig in ihren Kleiderschrank hängen, sagte er, dann liegt hier nicht soviel herum.

Also kommt deine Frau gar nicht mehr?

Schweigen.

Als er gefahren war, schob ich die weiße dünne Tür des japanischen Kleiderschranks beiseite. Ein Geruch nach Fell und Parfum schlug mir entgegen. Seidenblusen, enge Röcke in gedeckten Farben, mehrere Kostüme, zwei Pelzjacken. Der Geruch von einem edlen Tier.

Auf dem Boden des Schranks lag der verbogene Kleiderbügel. Ich hob ihn auf. In dem Zimmer herrschte noch immer die sommerliche Langeweile, aber sie war älter geworden. Eine wirklich langweilige Langeweile jetzt. Bald würde richtig Herbst sein, die Zeit würde kommen, wo man den Abend erlebt, während man noch am Tag arbeitet. Was würde dann sein? Dann würde ich mich fragen, warum ich so blöd war, mit diesem Mann ein Verhältnis anzufangen, und würde den ganzen Winter lang Zeit haben, darüber nachzudenken.

Vielleicht lag alles nur an Hückeswagen, dachte ich, dort bin ich oft so traurig gewesen. So familientraurig. Alles lag vielleicht an Hückeswagen und nicht an mir.

Nicht an ihm.

Und meine Fotos?

Ich ging in den Flur, dann rüber in die Küche, rückte das Brotschneidebrett zurecht, ging ins Bad und cremte meine Hände ein, den Kleiderbügel unter den Arm geklemmt.

Das hat er extra gemacht, dachte ich. Den Bügel hat er extra für mich liegen lassen. So ist er. Er hält sich an seiner eigenen Geheimnistuerei fest. Was wunderte es mich? Wo der erste Blick mit einem Schrecken einhergeht, da ist doch nichts Gutes zu erwarten. Ich ging hinüber ins Wohnzimmer. Die Balkontür stand offen. Was nun, mein

Fräulein, sagte ich mir und stand lange an der Tür, die Nase im Spalt. Der Regen rauschte. Den Blumen da draußen tat er gut und mit mir hier drinnen ging es langsam, langsam zu Ende.

Ich dachte: Er riecht auch anders als andere Männer. Nie nach Schweiß, eher nach alter Zeitung. Morgens beim Frühstück sieht er aus, als ob er zwischen Brot und Butter sich selbst sucht, und abends kommt er heim mit heruntergefallenem Gesicht. Er liebt die Frauen, sagt er. Er hatte schon drei. Was mit ihnen war, wollte ich einmal wissen, während ich eine Pizza für ihn in den Ofen schob und seine Schuhe und sein Hosensaum sich im Sichtfenster des Backofens spiegelten.

Er stand hinter mir und sagte nichts.

Selbst wenn wir nur Pizza essen, ist da diese Angespanntheit, diese Kapsel, in der dann doch kein richtiges Gefühl ist, dachte ich. Sein Bart fängt an grau zu werden. Er rasiert ihn sorgfältig fort, jeden Morgen, naß, und mir gefällt das. Mir gefällt, daß er mir eigentlich nicht richtig gefällt und ich ihn trotzdem gern anschaue. Wir passen ganz gut zusammen. Zwei, die gern hinschauen und nicht unbedingt mögen, was sie sehen.

Die Farbe an der Balkontür war brüchig, und ich knibbelte daran herum. Wie an einer verkrusteten Wunde. Der Regen wurde heftiger, und das Schweigen, das von seinem Rauschen ausging, verbreitete sich als Crescendo von Zimmer zu Zimmer. Dem Dauerton irrte ich hinterher und landete an der Tür zum zweiten Balkon. Eine Frau gegenüber trat ans Fenster, lachte kurz auf und ging dann zurück ins Dunkle des Zimmers. Ein Zimmer, schmal wie ein Handtuch vielleicht, und innen sangen bestimmt auch zwei Vögel. In dem Augenblick trat aus der Haustür ein Mann Ende Fünfzig. Er zerrte ein Rad aus dem Hausflur und ungnädiger noch die Stufen hinunter zur Straße. Auf dem Gepäckträger klemmte eine Plastiktüte. Ich glaubte die Form einer Kamera zu erkennen. Eine junge Frau kam ihm entgegen. Er nahm ihr etwas aus dem Haar, als sie kurz voreinander standen. Eine Fluse, ein Blatt? Er stand vor ihr und hielt dabei den Kopf schräg. Ein alter Kater, der maunzte. Die junge Frau aber spannte energisch einen weißen Schirm auf. Sie trödelten nebeneinander die Straße hinunter.

Ich ging weg vom Fenster, den Bügel in der Hand. Hinter allem lag etwas anderes.

Und meine Fotos?

Ich stieß die Tür zum Gästezimmer auf.

Kaum hatte ich mich wie damals auf das schmale Gästebett gelegt, schlief ich auch schon ein. Als ich erwachte, war es dunkel. Ich hörte den Regen und knipste ein Licht an. Die Sprühflasche mit dem Pistolengriff war fort, aber der Kleiderbügel lag vor dem Bett.

Fünf Fächer. Alle leer. Fast leer. Im dritten Fach gab es auf dem hellen Holz einen Fleck. Im vierten Fach lag eine alte Lederhose, im fünften ein Stapel Kataloge, die alle mit demselben Spruch warben: Es gibt sie noch, die schönen Dinge.

Sie sind alle weg, dachte ich.

Es war zum Verrücktwerden. Ich sah sie doch noch vor mir, wie sie hier archiviert gewesen waren. Mindestens hundert nackte Frauen, oder nicht ganz nackte, die aber eine sofortige Bereitschaft signalisiert hatten, sich nackt zu machen, um jemandem ein Bild zu sein. Und wie sie dabei ausgesehen hatten? War ich am Schluß auch dabeigewesen?

War ich?

Ja, und da habe ich mir ins Gesicht gefaßt, ob es noch da ist. Ob ich noch da bin. Ich dachte, das kann doch nicht wahr sein. Das ist ja, als hätte es mich in den letzten Wochen seit dieser ersten Nacht in dieser Wohnung gar nicht gegeben. Als wäre die Zeit seit dieser Nacht nicht vorhanden gewesen. Ich habe die Augen zugemacht und eine randlose schwarze Welt gesehen und in dieser Welt meine Augen, auf die der Regen fiel. Er fiel auf ein schwarzes Meer, auf einen Ozean, der die Unendlichkeit war. Die Unendlichkeit, die auf mich warten würde, wenn ich einmal tot sein würde. Ein unendlich feiner Regen. Der nicht mehr draußen war, wie der, der den ganzen Tag über gewesen war, sondern in mir drinnen. Niemand, der mich sah. Niemand, der mir half. Niemand, der von mir wußte, so wie die Fische im See nicht wissen, daß es regnet, wenn es regnet.

Und wieder war da ein Geräusch. Jemand legte mir die Hand auf die Schulter. Es war der Mann, den ich immer noch nicht kannte.

Ich zeigte auf den Rollschrank.

Die Umschläge? fragte ich.

Welche Umschläge? Er lehnte sich an den Türrahmen und sagte, ich weiß nicht, wovon du redest, und er machte ein Gesicht, das überhaupt nicht zu ihm paßte.

Und meine Fotos?

Er fuhr mit der Hand zum Kopf und harkte mit gespreizten Fingern seine Haare.

Bis später, sagte er und drehte sich zum Flur. Er ging. Das Gewicht seiner Hand auf meiner Schulter blieb.

Die Etagentür fiel ins Schloß. Doch hatte ich nicht das Gefühl, er hätte die Wohnung verlassen.

Ich bin ihm nach und gleichzeitig vor ihm weggelaufen, meine Gummistiefel aus dem Flur unter dem Arm. Der Tag begann. Die Vögel schrieen. Ich fand mein Auto nicht, lief an einer Reihe parkender Wagen vorbei und bemerkte, daß sie alle keine Strafzettel hatten. Ein Schlüssel fiel mir aus der Hand. Mein Fahrradschlüssel. Ich bückte mich. Und erst in dieser gekrümmten Haltung, die Nase über den Knien und die Stiefel neben mir auf dem Asphalt, die ihre Schäfte, dafür daß sie aus Gummi waren, sehr zärtlich aneinander lehnten, ja erst in dieser Haltung fiel mir ein, ich war ja wie immer mit dem Rad da. Ich hatte doch seit einem Jahr kein Auto mehr. Ich dachte an Mozart und Beethoven. Ich ging ruhig zu meinem Rad, das an der Hauswand lehnte, die nicht mehr so warm war wie wenige Wochen zuvor. Die Stiefel klemmte ich auf den Gepäckträger. Ich fuhr noch einmal an dem Café unter den zwei Balkonen vorbei und sah so aus der Nähe gut, daß die Blumen in den grauen Betonkübeln dringend gegossen werden mußten.

An der nächsten Ecke schnitt mich ein Mädchen mit seinem Rad, drehte sich um und murmelte Entschuldigung. Sie trug einen kurzen Rock und hob, während sie lächelte, den Hintern vom Sattel. Ich lächelte zurück.

Mauer 3

Fast alle in der Stadt mochten Alexander Moritz Frey, ohne genau zu wissen, warum. Seine Eltern gehörten zu einer Sekte, kurz »Die Freys« genannt. Seine Großeltern hatten, als sie jung waren, Kranke gesundgebetet. Er und ich waren in die gleiche Schule gegangen. Alexander Moritz Frey hatte schwarze Augen, Glut und Lüge. Wenn er zum Abschied das Gesicht einer Frau küßte, legte er seine Linke weit unten auf ihren Rücken. Wenn eine bis dahin kein Hohlkreuz hatte, danach hatte sie eins.

»Vergangenen Winter«, sage ich jetzt.

Frey unterbricht mich nicht.

Frey nimmt nicht meine Hand.

Ich bin klein und schlank, meine Haare sind nicht glatt und nicht lockig, ich bin schnell, zäh, aber ruhig und lege gern die Hände auf die Hüften, ich habe kein Kind, lebe allein, mache nicht mehr gern ein zweites Bett morgens nach dem Aufstehen und spüle nicht mehr gern in meiner meist unberührten Küche eine zweite Tasse ab. Wer mich mit meinem Kopftuch auf der Straße sieht, meint, ich sei Platzanweiserin in dem Theater, das ich nur durch den Bühneneingang betrete und verlasse. Ein Gesicht bekomme ich erst, wenn ich spiele.

Ich schaue Frey lange an.

Er schaut auf den Main.

Wir haben uns seit achtzehn Jahren nicht gesehen, und ich mag ihn noch immer.

»Vergangenen Winter«, sage ich, damit Frey mich endlich auch mal anschaut, »vergangenen Winter stand da drüben unter der Mainbrücke ein vollständig eingerichtetes Wohnschlafzimmer mit Klappcouch, rosa Steppdecke und Sideboard, auf dem Sideboard war ein Fernseher, auf dem Fernseher eine Krähe, über der Krähe war die Brücke, und auf der Brücke der Baukran zerteilte den Dunst zwischen sich und dem Blau, zu dem wir Himmel sagen. Die Menschen auf der Klappcouch schliefen. Zwei sind es, habe ich zuerst gedacht, aber dann habe ich noch einmal genauer hingeschaut. Es waren drei. Zwei schliefen miteinander, und einer schlief allein.«

Frey starrt auf den leeren Platz unter der Brücke. Ob es ihm gut geht?

»Wie geht es dir?«

»Ich weiß nicht. Ich reise viel«, sagt er und stellt in dem Moment einen Fuß über den anderen.

»Interessant.«

»Ich bin Vertreter.«

»Interessant, was vertrittst du denn?«

»Meine Meinung.«

»Wozu?«

»Zu Büchern.«

»Interessant«, sage ich noch mal, »aber nicht gefährlich.«

»Stimmt«, sagt er und hat einen unangenehmen Zug um den Mund, der nicht von der Enthaltsamkeit kommt. Natürlich gilt nicht für immer, was einmal zwischen uns war.

»Was war denn gerade?« fragt er. Hat er das unzufriedene Herumräumen in meinem Kopf gehört?

»Du warst zweimal Schulsprecher«, sage ich, »weißt du noch?«

»Und du hast zweimal nach der Schule auf mich gewartet.«

»Ja, zweimal montags und vergeblich«, sage ich. »Beim dritten Mal bist du dann gekommen, mit deinem neuen Rennrad, aber zu spät, denn es lag Schnee. Du hast nach mir gepfiffen, als ich gerade gehen wollte. So, weißt du noch?« Ich nehme Daumen und Zeigefinger in den Mund und pfeife. Eine Radfahrerin auf der Uferpromenade dreht sich um, mit bösem Gesicht. Auf dem Gepäckträger hat sie ein Buch. Ich nehme die Finger aus dem Mund. Da lächelt sie. Sie lächelt Frey zu.

Er zieht sein Jackett aus, legt es über den Arm, dann über die Schulter, schiebt die Sonnenbrille ins Haar und kneift die Augen zusammen. Die linke Braue zittert dabei. Das hat Schmelz. Schlagersänger, denke ich.

»Gehen wir etwas trinken?« Er geht. Ich folge.

»Aber diese Buchhändlerinnen«, sagt er, »ob du es glaubst oder nicht, die können wirklich gefährlich sein.«

Berufsrisiko, denke ich, suche nach einem Taschentuch, putze meine Nase und schließe beim Schnauben die Augen. Das hätte ich nicht tun sollen. Schon tritt eine von diesen wirklich gefährlichen Buchhändlerinnen auf. Das Personal in meinem Kopf ist unerschöpflich und kommt ungefragt, aber aufs Stichwort aus der Kiste. Ich bleibe stehen und muß mir hinter meinen eigenen Lidern ansehen, wie Frey, kurz vor zwei, und an einem Samstagmittag, wie heute, in einer Kleinstadt bei Dortmund vorfährt. Er klopft gegen die Glastür eines Buchladens. Die Visitenkarte klebt über dem Griff. Buchhandlung Barbara Rettenmund, Mauer 3. Der Schlüssel steckt von innen. GESCHLOSSEN, das Schild baumelt an einer roten

Wäscheleine. Doch die Buchhändlerin nimmt bereits die Brille ab und geht in einer ziemlich durchsichtigen Bluse zur Tür, wo Frey, wie ich sehe, schon zum zweiten Mal klopft. Ja, es ist Wochenende, aber sie hat nichts vor. Ja, sie schließt auf, und es ist August, ein grauer warmer Tag mit einem häßlichen Streulicht in den leeren Straßen, das auf Augen und Gemüt drückt. Entschuldigung, sagt Frey. Er hat etwas Blau in seinen schwarzen Augen, was am strahlend blauen Sommerhemd liegt. Das trägt er, wenn er müde ist. Entschuldigung, der Verkehr, sagt er, vergangene Woche erst hat sich eine junge Kollegin von mir zu Tode gefahren am Kamener Kreuz. Die Buchhändlerin schwingt ihre Brille wie ein Lasso am Bügel durch die Luft und sieht tatsächlich gefährlich aus. Ich sehe, er hört ihre Brüste durch die Bluse. Es war meine Lieblingskollegin, redet Frey etwas hilflos und etwas lustlos weiter, sie hat schon erste Falten gehabt, aber sie hat sich einen Dreck darum gekümmert, Sie verstehen? Er redet und redet, denn er sieht, die Buchhändlerin schielt nach außen, und darüber läßt sich nicht reden. Sie setzt die Brille wieder auf und hat plötzlich mehr Gesicht. Das Gestell gibt ihren Zügen einen Akzent, einen farbig-modisch-verspielten, mag er denken, wie ein Brillenverkäufer denkt, während sie bereits die Ladentür von innen abschließt und sich wünscht, die Nacht bräche über den Samstagmittag herein. Sie hat in ihrem Leben ernsthaft nur zwei Männer gehabt, das sehe ich ihr an. Der erste war Witwer. Ihm hat sie heimlich selbstgemachte Marmelade hinter den Grabstein seiner verstorbenen Frau gestellt. Beim dritten Glas Sauerkirsch hat sie sich erwischen lassen und ihn unter einer dünnen Birke zum Küssen verführt. Der zweite ist noch verheiratet. Ihm zerkratzt sie einmal im Monat den Rücken, in einem Motel bei der Autobahnausfahrt. Wenn sie sich verschwitzt, aber unerlöst nach zwanzig Minuten auf die Seite zum Fenster dreht, sieht sie die Leuchtreklame vom Baumarkt und die von der Tankstelle. Sie brauchen nie mehr als ein Präservativ. Ja, diese Buchhändlerin hat nicht viel geliebt in ihrem Leben, weil es nicht viel zu lieben gab. Aber ich habe gut reden. Oh, sagt sie nun, als er seine zwei Koffer auf ihren Ladentisch stellt und sofort mehrere Leseexemplare mit links hochhält, als könne er zaubern. Zum Glück hat sie sich gestern die Haare gewaschen. Sie nimmt die Spange vom Hinterkopf. Zum Glück ist ihre hübschere Kollegin auf einem Fortbildungskurs. Zum Glück, sagt sie, hat Orgia Pappel ein neues Buch geschrieben. Sie geht zur Tür dabei und dreht den Schlüssel noch einmal herum. Es ist längst abgeschlossen. Das Schild, auf dem von innen betrachtet OFFEN steht, schaukelt ein paar Mal heftig, dann schon weniger.

»Was ist los?« Frey hat seine Hand auf meine Stirn gelegt und mit dem Daumen an meinem rechten Augenlid gezogen. Aber ich bin noch nicht fertig. Denn »Liebhaber« muß die Buchhändlerin noch sagen, »Liebhaber« ist ein guter Titel, und Frau Pappel hat sich inzwischen durchgesetzt. Es ist eine halbe Stunde später, und bei dem Satz geht sie zurück zur Tür, und er nimmt sie rasch bei der Hand, die aufschließen will, und sucht ihren Blick in der Mitte des Schielens. Dort draußen ist noch immer dieses graue, doch warme Wetter, so daß er sie zum Essen unter den Sonnenschirmen beim Kirchplatz einladen kann. Er muß immer essen, bevor er zum Kamener Kreuz kommt, sagt er und zerschneidet bereits seine Pizza wie Torte. Ein spitzes Stück nach dem nächsten nimmt er in die Hand, dann in den Mund. Eine Gruppe von Mädchen auf dem Weg zum Konfirmationsunterricht schiebt sich am Tisch vorbei. Die letzte, schon Frau und sehr hübsch unter einer dicken Schicht Schminke, verzieht das Tischtuch mit ihrem Hintern. Er streicht es mit der linken Faust glatt. Der Hintern, sagt er, ist immer kalt bei Frauen, wie die Füße. Immer, hat er gesagt. Die Buchhändlerin aber fühlt sich persönlich gemeint, schwitzt und wagt es nicht, die Haare zusammenzubinden, weil sie eine unvorteilhafte Gesichtsform hat. Eine nicht ganz einfache Gesichtsform. Ein eckiges Ei. Plötzlich ist ihr trotz des unerwarteten Samstagsglücks nach Heulen zumute. Von der Kirche her mit den zwei grünen Türmen, wo die Mädchen verschwunden sind, schlägt es viermal hell und fünfmal dunkel. Es ist siebzehn Uhr. Wind kommt auf, vielleicht auch Regen. An irgendeinem Fensterrahmen klimpert ein Metallmobile seine Windmusik, und Frey wird gleich fahren.

Ich habe die Augen wieder offen und bin Frey gefolgt. Wir haben etwas getrunken, aber in seinem Bett. Den Frankfurter Bahnhof kann man vom Klofenster der Pension aus sehen.

»Kalt?«

Ich schüttle den Kopf auf dem Kissen und höre dabei meine Haare.

»Böse?«

Ich schüttle noch immer den Kopf.

»Enttäuscht?«

»Ich?«

Frey legt seine Hand auf meinen Bauch, achtzehn Jahre zu spät, und ich bin aus Holz. Die Tür des Pensionszimmers ist dünn, draußen hört man Schritte. Das Parkett knarrt. Meine Augen ziehen die Zimmerdecke zu mir herunter. Ich schließe noch mal die Lider. Rot ist es dahinter. Ich sehne mich danach, mit einem Leseexemplar aus seinem Vertreterkoffer Richtung Toilette verschwinden zu können.

»Wie wir hier liegen.«

»Wie denn?«

»Wie Mauer 3.«

»Das ist wo?«

»Hier«, und ich lege den Mittelfinger auf meine Nasenwurzel. »Hier drinnen.«

Fast alle mochten Alexander Moritz Frey, ohne genau zu wissen, warum. Ohne genau zu wissen, warum, fällt mir meine Lieblosigkeit nicht mehr groß auf.

Maria mit Selbstauslöser

Eben noch habe ich mein Auto am Straßenrand geparkt. Maria hat als erste die Wagentür geöffnet und ihre Schuhe nach draußen fallen lassen. Ich habe den Schlag ihrer Holzsandaletten auf dem Pflaster gehört. Die Straße war leer, hinter den heruntergelassenen Jalousien nur mittägliches Ruhen. Maria ist barfuß zum Brunnen gegangen und hat die Füße ins Bassin getaucht.

»Eine ganze Herde Goldfische«, hat sie gerufen, »und die sind total erschrocken in die hinterste Ecke geschwommen!«

»Fische leben nicht in Herden, Maria, und mach doch bitte einmal die Wagentür zu.«

»Schau mal, der Rote, der traut sich als erster wieder vor.«

»Typisch rot«, habe ich gesagt.

Das war eben noch.

Und warum schreit Maria jetzt so?

Alles ist ihr wichtig, nur nicht das, was mir wichtig ist. Und manchmal komme ich mir neben ihr langweilig vor. Dann stecke ich die Hände in die Taschen und schaue sie nicht an. Nicht, daß mir das Struktur wird. Ein alter Mann hat dem Brunnen gegenüber auf einer Bank gesessen. Ich habe ihn gegrüßt, und er hat zur Antwort beide Unterarme gehoben und wieder zurück auf seinen Bauch fallen lassen. Sein Hemd hat weiß aus dem Schatten der Bäume hervorgestochen, und das Blau des Himmels erinnerte an bemaltes Glas. Ich habe ihn gegrüßt, weil er uns so beobachtet hat.

30.8.02 – Maria und ich – unter einem Schirm von Häagen Dazs – am letzten Tag unserer Reise

»Ja! Hier machen wir Picknick!« Das hat sie eben noch überraschend zärtlich gesagt und ist mit nassen Füßen quer über die leere Straße gelaufen. Sie hat auf dieses kleine Café gezeigt, das schräg gegenüber dem Brunnen lag, aber geschlossen hatte. Ein Tisch, zwei rote Klappstühle und ein aufgespannter Sonnenschirm von Häagen Dazs standen allein auf dem Bürgersteig. Das nahm sie gleich als Einladung. So ist sie, setzt sich unter jeden Schirm und hat es schön. Der Perlenvorhang hinter der verschlossenen Tür blieb ruhig, als sie im Gehen bereits unsere Ziegenwurst aus der Proviantüte packte, und das Brot, die Wasserflasche und die Trauben dazu. Sie hat sich nach mir umgedreht und glücklich ausgesehen. Ich bin hinter ihr hergegangen, den Fotoapparat in der Hand. Nicht immer kann ich ihre Anfälle von Glück teilen. Aber ich dokumentiere alles und schiebe mich am Ende mit ins Bild. Ich habe mich kurz zu ihr gesetzt, dann bin ich auf die gegenüberliegende Straßenseite gegangen. Mit Selbstauslöser habe ich unsere Reise dokumentiert, und jede Bildunterschrift ist in meinem Kopf fertig gewesen, bevor das Foto gemacht war. »Mach ruhig, du Selbstauslöser«, hat Maria über die leere Straße hinweg hinter mir hergerufen, »mach das ruhig so. Du glaubst, du bist dann mit auf dem Bild und gehörst dazu, aber das ist nicht so. Erst schaust du dir alles aus deiner Entfernung an und machst dein Gesicht. Mit dem so gemachten Gesicht läufst du im letzten Augenblick rüber und stellst dich dazu, aber bist nicht dabei. Auf dem Bild ist der, der immer noch drüben steht.«

»Und wie ist der so?« Plötzlich war ich unsicher. Immer neben sich stehen, war das ein guter Ort? Sie hat mich ernst angesehen.

»Von einer großen aufmerksamen Unaufmerksamkeit, mein Liebster. Sag mal, kann man sich eigentlich auf dich verlassen?«

»Ja«, habe ich von der anderen Straßenseite her gesagt, die Kamera auf einen grünen Stromkasten am Bordstein gestellt und durch den Sucher geschaut, während hinter mir jemand bei offenem Fenster und heruntergelassenen Jalousien seinen Sonntagswestern schaute. Das paßte. Denn für einen Moment hatte Maria im Sucher die unreine, körnige Struktur eines zu dunkel eingestellten Schwarzweißfernsehers, die Bildauflösung von Bonanza, und das Bild, das Maria da drüben abgab, ihr Griff ins Haar, den Kopf ins Profil geschraubt und doch beide Schultern parallel, jenes Bild war, bevor es auf meinen Film kam, Erinnerung. Ungebeten ausgedünnt und ebenso ungebeten dicht. Ich habe mich, das Auge am Sucher, dann auch daran erinnert, wie ich Maria das erste Mal traf. Vor einem halben Jahr war das, und ganz banal. Seitdem ich sie kenne, faßt sich das Leben normal an. Wir hatten mit den Hinterrädern unserer Autos in der gleichen Pfütze gestanden, auf einem fast leeren Parkplatz, im Februar. Mir waren sofort die blasse Haut, die schmalen Fesseln und die ordinäre Stimme aufgefallen, die nicht zu dem feinen Oval ihres Gesichts mit den Sommersprossen paßte. Ihre verdammte Stimme, mit der sie jetzt so schreit.

15.8.02 – zwei nackte Körper – Mann und Frau aneinander gedrückt – im Vordergrund feiner Wasserregen – im Hintergrund Kacheln, gelb

Vergangene Tage, würde meine Großmutter sagen und ›neulich‹ meinen. Vergangene Tage also ist Maria vor mir hergegangen. Wir sind eine Holztreppe hochgestiegen. Ich habe die Sommersprossen in ihrem Gesicht nicht gesehen, aber an jede einzelne denken müssen, während ich die Hand am sonnenwarmen Treppengeländer und den Blick auf ihren Waden hatte. Auf ihrem Nacken. Auf ihrem hochgebundenen aschblonden Haar. »Junge«, sagte sie, »Junge, Junge«, und zog sich auf der Treppe bereits dieses blaue Kleid über den Kopf, das noch aus ihrer Schulzeit übrig geblieben war. Seit Tagen schon waren wir in diesem Schlafsaal mit dem Dutzend unbenutzter Feldbetten allein. Alles leer, hatte die Verwalterin von Zeltplatz und Saal bei unserer Ankunft gesagt und in den riesigen Raum gezeigt, wo die letzten Sonnenstrahlen schräg auf rote und moosgrüne Wolldecken am Fußende der Betten fielen. Sie hatte sich mit der Geste eines Mannes über ihr schütteres leberwurstfarbenes Haar gestrichen. Ich aber hatte an einen kleinen, alten Vogel denken müssen, der am Ende seines Lebens aus dem Nest gefallen ist. Sie hatte krumme Beine in hellen halblangen Hosen. Wir bemühten uns, nicht auf Kopf und Beine zu schauen, nickten der weißen Bluse zu und verzichteten gern für den Saal auf das Zelten, weil die Betten so geduldig Spalier standen, und weil wir zwei von ihnen am Ende des Saals zusammenschieben und mit meinen neuen Schnürsenkeln zusammenbinden durften. »Machen Sie ruhig«, sagte die Vermieterin und blickte verschworen, »machen Sie ruhig.« Durch das Fenster war der Geruch nach gegrilltem Fleisch gekommen. Wir blieben, und an einem dieser heißen Provencetage ging Maria mittags auf der Treppe zum Schlafsaal vor mir her. Draußen fegte der Mistral den Himmel und die Erde. Wir hatten, auf einem Sofa vor dem Haus sitzend, eine Flasche Rotwein getrunken und dabei mit schwimmenden Augen zwei Häuser ohne Fenster, Olivenbäume, Weinstöcke und dahinter die Berge betrachtet, die ihren Kammstrich zwischen sich und die blaue Luft zogen. Scharf und dunkel die erste Bergkette, und dahinter die zweite, eine Schablone, schon milchiger und dem Himmel angepaßt. Im Bad mit den gelben Kacheln tropften die Hähne von zwei Duschen, in einem hellen und in einem dunkleren Ton. Sopran und Alt, sagte Maria, die gern Opernsängerin geworden wäre, aber eine, die auch Spagat kann, und sie nahm ein braunes Blatt, verformt zu einem mumifizierten Tier, vom gekachelten Boden. Es war durch das schmale Lüftungsfenster hineingeweht worden, und sie hielt es vor das Dreieck zwischen ihren Beinen. Ich ging zur hintersten der fünf Kabinen und zog den Plastikvorhang beiseite. Pastellfarbene Streublümchen auf Wachs. Die Kacheln glänzten, wo sie gesprungen waren, aber nicht wie Gold. Das Mauerwerk roch naß, und ich dachte, daß nackte Menschen und kaltes Wasser zusammen einen Ort traurig machen. Ein Rest Seife lag beim Abfluß, und im Gitter das Büschel Haare erinnerte an die, die vor uns hier gewesen waren. Ich drehte das Wasser an und zog mich ebenfalls aus. Ich stellte Maria unter das Wasser und den Fotoapparat auf das Seifenschälchen beim Waschbecken gegenüber, warf einen Blick in den Spiegel über dem Bekken, sah Maria hinter mir, in dem Regen der Dusche, der ihr das Haar ganz glatt und dunkel machte, weiter über Schultern und Brüste rann, von dort zu zwei schmalen Bächen kanalisiert über den Bauch lief, die Schenkel abwärts, um in dem Oval des Ausflusses zu verschwinden, und dabei sanft das Büschel fremder toter Haare anzuheben. Ich drückte auf den Selbstauslöser. Das Lämpchen am Fotoapparat blinkte. Bei acht stand ich neben ihr unter der Dusche, sie drückte sich an mich oder ich mich an sie, wir wandten die Gesichter von der Linse weg und einander zu. In dem Moment hätten wir unsere Köpfe auch um hundertachtzig Grad gedreht, um uns anschauen zu können. Das alles war doch eben noch, und auch, daß sie mit kleiner, ein wenig klagender Stimme etwas dabei sang und Ton um Ton die Gewißheit wuchs, daß wir immer etwas miteinander anfangen können würden. Wir würden immer weiterfahren können, ein Leben lang, braun werden und uns nicht dabei langweilen. Es würde immer sie geben, irgendwann einmal ohne das lange Haar und um die Hüften breiter. Es würde immer mich geben, irgendwann einmal behäbiger und ungeschickter geworden auf der Suche nach der besten Position für den Fotoapparat, aber immer noch so eifrig wie an einem Drehort, wo man stundenlang die richtige Beleuchtung anzubringen versucht, damit die Wirklichkeit den unwiederholbaren Moment preisgibt, der sich mit den Vorstellungen deckt, die man schon immer von ihm hatte. Ein Moment von wenigen, der darüber hinwegtröstet, daß das Leben kurz ist.

21.7.02 – Maria und ich – zwei Teller mit Hühnerknochen – weißer Plastiktisch und Ghettoblaster

Denkt sie, daß wir auch hier nichts zum Übernachten finden, so wie neulich, als wir wirklich nichts fanden und schließlich doch auf einem sehr abgelegenen, sehr altmodischen Campingplatz landeten, rasch unsere Zeltheringe in den Staub hämmerten, bevor es richtig Nacht wurde, um in letzter Minute im Imbiß an der Auffahrt Hühnchen provençal zu bestellen, die letzten zwei, und dann nichts mehr zu sprechen, nur dem Ghettoblaster und seinen Chansons aus den fünfziger Jahren zuzuhören, bis ich schließlich Marias Hand in meine nehmen mußte und in dieser Körperhaltung, über den schmuddeligen weißen Plastiktisch gebeugt, so glücklich war wie früher mit dem Fußball unterm Arm, auf dem Weg zum Kicken. Marias Gesicht war bei dem Licht nicht zu sehen. Es war dunkler als der Himmel, dunkel wie ein Haus ohne Fenster. Der alte Campingstuhl brach in dem Moment unter meinen Wünschen zusammen, und mit einer zeitlichen Verzögerung, die nichts mit Marias Schreck zu tun haben konnte, schüttete sie ihr Glas Rotwein über mich. In dem Moment hielt vor dem Imbiß ein Polizeiauto, und zwei Dorfgendarmen sprangen heraus, die Hände am Colt. »Jetzt haben sie dich«, sagte ich zu Maria, die immer Gläser oder Tassen umwirft, aus denen andere noch trinken wollen, der die Arme plötzlich länger werden und aus der Kontrolle geraten, wenn sie Praktisches vorhat, die nie Gebrauchsanweisungen liest, lieber macht sie alles falsch, bis es irgendwann zufällig richtig wird, und die beim Überqueren befahrener Straßen plötzlich die Ellenbogen anzieht und unberechenbare halbe Drehungen vollführt, am liebsten bei Rot, weil ihr einfällt, daß man von diesem Mittelstreifen aus am besten den Sonnenuntergang sehen müßte, den sie schon immer mal hat sehen wollen. Ja, ich habe Angst um Maria, wenn sie allein über die Straße geht. Sie hat den Rest einer wütenden Kindheit in sich. Ich sagte, noch immer mit dem kaputten Plastikstuhl am Boden liegend: »Ich habe immer Angst um dich, Maria.« Die zwei Dorfgendarmen hatten sich an den Tisch neben uns gesetzt und bekamen zwei Dosen Bier und ein Windlicht serviert. »So ein Windlicht will ich auch«, sagte Maria. So eins bekamen wir auch, und als dessen Licht und Schatten über ihr Gesicht liefen, faßte ich in ihr Haar. Es war tief. In der Nacht faßte ich noch einmal hinein. Ich war aufgewacht und ziemlich sicher, jemand habe soeben unser Zelt verlassen. Jemand, dessen Farbe ich als hellen Bernstein bezeichnet hätte und der in unserem Zelt herumgeleuchtet hatte, würmchenhaft, gedämpft und gemein. Bis Maria schrie: »Ein Gespenst!« Gleich darauf sagte sie, aber schon leiser: »Sie kommen, wenn man an sie glaubt!« Ihre Stimme ging nahtlos vom Schreien ins Flüstern über.

»Glaube ich nicht, Maria.«

»Doch.«

»Aber das hier ist mein Zelt, da kommt so etwas nicht vor.«

Aus einem anderen Zelt lachte in dem Moment eine Frau, wie Pferde wiehern, lang und hoch und am Ende voll Angst. Dann war es wieder still. Maria neben mir roch nach einem alten Parfüm und griff mit beiden Händen zu mir herüber. Sie hat so etwas, so etwas Beidhändiges. Ich lag da, eine dicke Wurst in meinem Schlafsack und ihr ausgeliefert.

»Weißt du, wie nah wir uns sind, Josef?« Sie sagte Josef, nicht Selbstauslöser, wie so oft. Ich setzte mich auf.

»Sag es!«

Ich zuckte mit den Schultern.

»So«, sagte sie. »So.« Sie legte ihre beiden Zeigefinger aneinander und rieb sie leicht. »So nah, Josef«, sagte sie. Ich hörte das Geräusch, das ihre Finger machten, und saß gerade wie ein Hund.

So war es eben noch.

29.7.02. – Maria und ich – und ein kleiner Mann – zwischen uns Glas

Es wird auf den meisten Bildern der Reise nur ein Fetzen von unserem Paradies sein. Fotos sind immer Fetzen, die man sich aus der Zeit reißt. An dem Tag, an dem der Juli unmerklich überging in den August und mit einer gelberen Glut unseren Sommer daran erinnerte, daß er schon bald nicht mehr sein würde, fragte in Apt eine Amerikanerin am Restauranttisch neben uns, ob sie ein Foto von uns beiden machen solle, weil sie mich auf der Suche nach einem guten Platz für die Kamera zwischen den Vorspeisevitrinen herumirren sah. Maria schüttelte den Kopf, ich drückte auf den Auslöser und warf mich neben sie ins Bild, um mit ihr zu lächeln und dabei den Kopf zu schütteln. So gibt es von unserem ersten gemeinsamen Nein ebenfalls ein Foto, durch die Bewegung verwischt und unscharf. Zwei Köpfe, aus denen das Mehl fliegt, sagte Maria später, als sie das Foto sah. Es roch aus der Restaurantküche nach Hühnchen und Knoblauch, nach Gulasch mit Zitrone, und über dem Kochherd lag ein dickes gelbes schmuddeliges Licht, das sahen wir, als wir gingen. Ich wollte meine Filme zum Schnellentwikkeln bringen. Auf der Suche nach einem Fotogeschäft trödelte Maria und blieb immer wieder stehen, um in fremde Hausflure zu sehen. In einen ging sie sogar hinein und gleich durch bis ans Ende, wo ein buntes Türglas sein Lichtmosaik auf die Stufen zum Hinterhof warf. Sie öffnete die niedrige Tür, das Mosaik verschwand, und ich wußte nicht, an welchen fremden Glanz sich Maria jetzt eigentlich noch anschleichen wollte.

»Und wenn einer kommt, Maria?«

»Schnauze, Fury!«

»Selber Fury!«

Im Hof stand ein steinerner Engel, die Farbe blätterte von seinem blauen Gipsmantel. In der Hand, die segnen oder uns willkommen heißen wollte, steckte ein ramponiertes Ladenschild mit Pfeil: Schuhreparaturen. Der Laden lag an der Kopfseite des Hinterhofs. Der Schuster war halb so groß wie ich, aber hatte breite Schultern und einen runden wütenden Schädel. Ihn sah ich durch seine Schaufensterscheibe und gleichzeitig uns im schmutzigen Glas davor stehen, und aus Verlegenheit, weil wir so schafig vor seinem Laden standen, ließ ich einen zweiten Autoschlüssel für Maria machen und kaufte jenes Paar Schnürsenkel dazu, mit dem wir später unsere Betten fesseln sollten. Der kleine Schuster unterbrach für uns seine Arbeit an einem Paar roter Damenschuhe, Größe 43, mit Absätzen so lang und spitz wie Eßstäbchen. Nicht meine, sagte er, als er den Blick von Maria sah. Sie ging in den Hof hinaus, und an der Art, wie sie ging, glaubte ich ablesen zu können, daß sie ihn mochte. Ich bezahlte, lobte den makellosen Zweitschlüssel und folgte Maria. An eine warme Hauswand gelehnt, biß sie an der Nagelhaut herum, während ich den Fotoapparat auf eine Mülltonne uns gegenüber und mich dann neben sie stellte. Sechs-sieben-acht. Das Lämpchen blinkte schneller. Im Fenster hing der Schuster mit dem Oberkörper über seiner verblichenen Auslage und dekorierte zwei Schuhbürsten um. Er kam mit aufs Bild. Auf dem Bild schaut er Maria an.

Ja, Maria. Maria und ich. Die Filme waren am folgenden Tag fertig und wir festgehalten: Wir im Gegenlicht vor der Kirche von Apt und unter dem dünnen Rock deutlich die Gabelung von Marias Beinen, wir und die Olivenbäume von Cuceron, wir in Venasques vor der Post mit Schalterfräulein am vergitterten Fenster, wir am regennassen Bootssteg irgendwo in Burgund, wir am Eisstand in Sisteron, wir, nein noch nicht unter der Dusche des Schlafsaals, aber wir unter dem blauen harten Himmel von Aix, dann von Porquerolles, wir in Lyon beim Frühstück auf dem Bettrand von abwesenden Freunden, neben uns ein altes Stoffkrokodil und der Geruch nach dem Regen der Nacht sichtbar noch auf Marias Gesicht, ja, wir wie die Kompottschalen in den zu großen Weihwasserbecken vergessener kleiner grauer Kirchen: immer zu zweit. Aber zwei sind acht. Maria lächelte, als ich das sagte: Zwei sind acht. Auch dieses Lächeln ist auf einem Bild, und auf vielen anderen, daß sie zu oft schlecht träumt und nachts manchmal schreit, weil sie Schritte wie Beile gegen die Finsternis schlagen hört, überall, in Schlafsaal, Zimmer und Zelt, gerade dann, wenn wirklich keiner kommt, aber sie muß trotzdem diesen Bahndamm ihrer Kindheit, diese vertraute Landschaft aus Lagerhallen, zersprungenen Fensterscheiben und Teerdächern und diese umherirrenden räudigen Hühner beschwören, als könnten die ihr helfen, weil sie noch von früher sind, so beruhigend von früher, wie ihr schwarzes Fahrrad mit Kosakensattel und rostiger Tauchsiederfederung auch. »Stell dir vor«, sagt Maria im Bett neben mir und ist schon ruhiger geworden. »Stell dir vor.« Und ich sehe sie tatsächlich auf dem Rad, in Gummistiefeln, mit Schäften so weit, daß es hineinregnen kann. Sie erzählt an mich heran, und ich glaube, in all den Momenten dabei gewesen zu sein und es zu sehen, wie sie auf einem Podest aus Ziegelsteinen gestanden hat, damals, am Bahndamm, das Rad unten an den Sockel gelehnt, wie sie in eine schmutzige weiße Gardine gewickelt und mit offenem Haar da steht, um den vorbeifahrenden Zügen zu winken. Leere Bierflaschen liegen am Boden vor Lachen, aber der Zug drosselt an dieser Stelle wirklich sein Tempo, hat sie gesagt, und ich sehe es, ja, er wird bei diesem Podest aus Ziegelsteinen langsamer, so daß Maria die Gesichter der Insassen deutlicher sehen und wiedererkennen kann, vor allem das des jungen Mannes, immer am letzten Fenster im letzten Wagen, und immer gegen die Fahrtrichtung sitzend, um jenes Mädchen mit dem langen Haar länger betrachten zu können als die anderen Reisenden. Ich nicke und bin in dem Moment nicht mehr sicher, ob ich nicht auch damals in dem Zug gesessen und Maria angestarrt habe. Aber sie ist bereits aufgestanden, im Nachthemd flacher als sonst. Sie geht ins Bad, um ihre kühlende Creme noch mal aufzutragen, gegen das Gepäck unter den Augen, das man auf den Fotos immer so sieht. Und um noch einmal Insektenstiche zu zählen. Erst ihre, dann meine.

»Stell dir vor«, sagt sie.

Auch das war eben noch.

15.7.02 – Maria, fünf dicke blaue Hortensienköpfe – und ich

Ja, und auch das war eben noch, der Anfang der Reise. Tessin, Locarno, ein Bergtal, reißendes blaukaltes Wasser, dann das graue Dorf und an dessen Rand die Hütte. Kein Strom. Die Hänge waren so steil, daß sie aus Fallen und Steigen gemacht zu sein schienen, nicht aus Fels und Stein. Maria saß zäh im Auto neben mir. »Die aktiven Menschen fahren ins Gebirge, die melancholischen ans Meer«, sagte sie, und ich hatte das Gefühl, etwas falsch gemacht zu haben. Deshalb fummelte ich eine Weile am Zigarettenanzünder herum, was wie Nachdenken aussehen sollte, bevor wir ausstiegen. Denn es kostet mich weniger zu denken als zu sein. Ich verliere nicht gern das Gesicht. Das hat Maria längst gemerkt und findet, ich sei ein verwöhnter und eingebildeter junger Mann. Ich hätte so meinen Schutzwall aus Bildung und Skepsis und Dünkel, an dem pralle alles ab, auch sie, und den Schutzwall hätte ich von zu Hause mitbekommen, und da, wo ich herkäme, sei so eine wie sie keine, die man überall mit hinnehmen könne. Während sie das im Dunkeln wieder einmal sagte und dabei ausführlich wurde, kletterten wir mit unserem Gepäck auf dem Rücken durchs Dorf, unserer Hütte zu. »Diese Hauswände hier«, sagte Maria und griff einem unbehauenen Granitbrocken mitten ins Gesicht, »die sind doch nicht einfach nur gebaut. Schau mal, der hier hat sogar eine Nase!« Sie stand, als sei es eben noch gewesen, im Schein der Taschenlampe vor mir, in einer schmutzigen gelben Lache aus Licht. »Das ist nicht gebaut, das ist gesteinigt.« Vom Kirchturm her schlug es neun, und es war fast dunkel. Schatten schnitten die Mauerfugen tiefer auseinander, und ich wehrte mich gegen diese Dunkelheit, die aus den Hängen rechts und links und aus der Erde unter uns kroch. Steinigung. Etwas, das sonst in mir war, berührte mich von außen. Eine Erscheinung. Sie kam mir bekannt vor, hatte meine Statur, war gekleidet wie ich, allerdings farblos, in fein abgestuften Grautönen, eine Gestalt wie aus den amerikanischen Krimis vor dem Krieg, und tot. Die Gestalt stand erst neben mir, dann wollte sie weg von hier oder weg von mir, ich weiß es nicht, aber es handelte sich wohl um eine schmerzhafte Trennung, mit der ich nicht gerechnet hatte. Noch nicht jetzt. Hinter mir fiel ein Apfel mit einem dumpfen Plumps ins Gras. Ich hielt Marias Silhouette drei Schritte von mir entfernt im Kegel der Taschenlampe fest und griff nach den Ersatzbatterien in meiner Gesäßtasche. Maria lief vor mir her und breitete die Arme aus, um Balance zu halten. Zu kräftige Waden, zu schöner Nacken, und das Haar zu einem Schwanz am höchsten

Punkt des Kopfes zusammengebunden. Pferd, mußte ich denken, obwohl Maria den Schweif nicht am Hintern hat. Pferd, vielleicht wegen des üppigen Gangs, wegen der Füße, die sie ausdrücklich wie Hufe setzte, oder wegen dieser durchgedrückten sturen Knie. Unsere Hütte lag mitten in der Nacht und neben einem helleren Lerchenwald. Vor der Tür blühten die Hortensien, und ein Rosenbusch schrie gelb, gelb, gelb beim Schuppen, sonst hätten wir ihn bei der Dunkelheit gar nicht gesehen. Gerüche markierten jeden Schritt. Hier galt ein anderes Koordinatensystem als daheim, und ich kochte am ersten Abend Nudeln mit Thunfisch im Schein der Küchengaslampe, die Soße verfeinert mit dem Rotwein von der Tankstelle.

Ich sagte: »Soll ich dir mal ein Kompliment machen?«

»Ja?« Maria kniff die Augen zusammen.

»Ich liebe dich.«

Das Bett war weiß bezogen. Sie schlief, als ich mich nach dem fünften Glas neben sie legte. Sie atmete ruhig und ernst. Paßte zu den Bergen vorm Fenster, Riesen im Rahmen der hellen zarten Vorhänge. Ich schob die Hand auf ihren Bauch, roch an ihrer Schulter, suchte mit der Zunge den weißen Schatten ihrer Spaghettiträger auf der gebräunten Haut. Küßte die Schultern, das Haar. Aschblond. Nein, italienischblond, hörte ich sie sagen, während ich küßte ohne Augen. Bald schlief meine rechte Hand mit ihrer Brust, meine linke mit mir, und ich erinnerte mich. Als ich elf oder zwölf Jahre alt gewesen war, hatten am Zaun zum Nachbarhaus die Zwillinge von nebenan gestanden. Mädchen, und ein Jahr jünger als ich. Den ganzen Sommer lang hatten sie nachmittags, wenn ihre Eltern nicht da waren, nackt und gegen Zaun gepreßt immer das gleiche gerufen.

»Junge!« Sie hatten einfach nur Junge gerufen.

21.7.02 – Beim Abschied – wir mit Müllbeutel und Straßenkarte – im Hintergrund das Auto und Ziegen

Als wir die Hütte verließen, leerten wir auch den Küchentreteimer. Sein Boden war mit alter Zeitung abgedeckt. Todesanzeigen. Wir versteckten den Schlüssel für die Vermieter unter dem Hortensienbusch, machten ein Foto und ließen die Bücher zurück, die wir in den Tagen zu Ende gelesen hatten. Maria hatte jeden Tag eines gelesen. Ich nicht. Ich hatte mehr geraucht.

Und warum schreit Maria jetzt so? Nur weil sie einmal allein auf einem Bild ist?

Der Himmel wird blau sein und an bemaltes Glas erinnern, wie eben noch, und es riecht nach Kaffee wie in diesen russischen Erzählungen, in die man am liebsten einziehen möchte. Vielleicht hat das kleine Café jetzt doch geöffnet.

Es ist geschehen, und nichts hat die Grausamkeit des Augenblicks getrübt.

Maria schreit nicht mehr.

Was wird auf dem letzten Bild sein?

Ich habe eben noch die Kamera auf den grünen Stromkasten gestellt. Zwischen Maria und mir lag die leere Straße. Ich habe auf den Selbstauslöser gedrückt und bin losgelaufen. Was habe ich noch im Laufen gedacht, was diesmal unter dem Bild stehen würde? Ich dachte an etwas, das mir in meinem ganzen Leben noch nicht zu denken in den Sinn gekommen ist, und eigentlich hatte es gar nichts mit Denken zu tun, sondern mit Staunen. Ich lief über die leere Straße, sah nicht nach rechts, nicht nach links, sah nur Maria an, unter dem Sonnenschirm von Häagen Dazs. Ich lächelte. Sie lächelte zurück, aber wie! Erst verstand ich nicht. Dann sofort, als der Schlag von rechts kam. Der Wagen und ich, wir haben uns auf der Mitte der Straße getroffen. Der Wagen hatte keine Augen für mich und ich nur welche für Maria.

Was wird uns überleben? Das Bild, auf dem wir nicht sind? Nicht unsere Wurst und die Brotreste auf dem Tisch und unsere zwei Stühle von eben noch, die jetzt allein in der Sonne stehen, einander zugewandt. Unsere letzte Bewegung ist noch dort, in der Spanne zwischen Stuhl und Stuhl. Die Tür vom Café steht jetzt offen. Der Besitzer hat sicher ein Telefon und längst Hilfe gerufen. Aber auch das wird nicht auf dem Bild sein, und auch mein Gesicht mit diesem blöden, verblüfften, ungläubigen und sanftmütigen Ausdruck nicht, den der Schmerz nicht wegwischen kann. Ich habe keine Schmerzen. Ich bin einer der zwei Vögel, Eulen jetzt, wo es in die Nacht hinuntergeht, Eulen im Dampf einer Dusche und die Köpfe um hundertachtzig Grad gedreht, wir sind gerade eben aus dem Nest gefallen, wir zwei Eulen, Maria und ich, und müssen erst einmal duschen und danach Hackfleisch picken aus einer Alufolie. Deshalb riecht es hier so nach Blut. Die Bilder lagern sich übereinander, aber nichts wird davon schärfer oder tiefer, nichts. Und Maria ist wo? Ich sehe nur Füße in Schuhen. Schuhe um mich herum, lauter Schuhe, die aufgeregter scharren als Hühner. Und jetzt, zwischen den Schuhen, Marias Gesicht. Man kann es nicht beschreiben. Man kann es sich nur vorstellen. »Nicht so schlimm«, sagt sie und faßt mit beiden Händen nach mir, »alles nicht so schlimm.« Ihre Hände sind rot dabei, und ich verstehe sie schon nicht mehr. Verstehe ich sie nicht mehr? Ist es schon so weit? Ich weiß es nicht, denn keiner hat mir gesagt, wie es ist, wenn es soweit ist. Sie beugt sich zu mir, meine Maria, aber vor langer Zeit. Sie hat das Gesicht eines alten Sofas auf einer verwackelten körnigen Fotografie, die mehr Schwarz als Licht enthält. Es ist ihr letztes Gesicht für mich. Nein, sie schreit nicht mehr, und auf dem Bild wird kein Bild sein.

Ich erinnere mich. In der Kirche, in der wir gestern am Abend waren, sagte jemand, wohl der Küster, dicht an meinem Ohr. »Entschuldigung, wir schließen jetzt.«

Ich geh ja schon.

Dorfschönheit

1.

Sie weiß, sie hat zuviel getrunken. Trotzdem ist das, was da zweieinhalb Meter vor ihr im Scheinwerferlicht liegt, ein Papagei. Es ist die Nacht vom 16. auf den 17. November. Der Papagei liegt auf einem dünnen Tuch Schnee.

»Fahr mich zurück«, sagt sie zu dem Mann am Steuer. Er aber starrt auf den schwimmbadgrünen Vogel, der die Krallen wie Knoten an den Leib gezogen hat.

»Er friert«, sagt sie.

»Er ist tot«, sagt er.

»Das führt hier zu nichts. Laß uns wenden.«

»Das führt hier nach Hause.« Er zeigt auf den Wegweiser unter dem Schild Bischwiller. Sesenheim ist noch zweiundzwanzig Kilometer entfernt. Eine Hand auf seinem Bein, stößt sie die Tür auf.

»Fahr zurück, sonst ...«

»Wegen dem Vogel?« Er zündet sich eine Zigarette an. Dabei schiebt er das Kinn vor, und die Zigarette steht im spitzen Winkel zum Gesicht. Sie reagiert auf ihn, auch wenn sie gar nicht gemeint ist. Schön, dieser Mann. Was er nebenbei tut, liest sie gern als Vorspiel. Hoffentlich hört er nicht auf zu rauchen, solange sie sich kennen. Auch ihre Spülmaschine räumt er seit fünf Monaten ein, aber unregelmäßig.

»Fahr zurück.«

»Ach Fede.« Seine Stimme greift in ihren Nacken, »ach Fede, wegen dem komischen Vogel?«

Reden wir jetzt miteinander? hat er an jenem Sonntag abend vor sechs Monaten gefragt, während sie, schlecht gelaunt und noch schlechter angezogen, auf eine Musikband mit Cowboyhüten starrte, die auf dem fast leeren Marktplatz von Sesenheim gegen Nieselregen und Dunkelheit anspielte. Es war kurz vor elf, Ende Mai, und das Schützenfest war bis auf ein paar verlorene oder betrunkene Seelen bereits den Sägespänen überlassen. Jemand setzte sich auf den freien Barhocker in ihrem Rücken und sagte lange nichts. Die Band kündigte eine Zugabe an, nach der niemand verlangt hatte. Eine ziemlich junge Männerstimme räusperte sich noch mal.

»Hallo, reden wir jetzt miteinander?«

Sie drehte sich um und sagte »Nein«, und noch während sie wegschaute, dachte sie: Scheiße, ist der hübsch. Sie drehte sich noch einmal um.

»Sagen Sie mal, gehen Sie noch zur Schule?«

»Wieso, bist du etwa Lehrerin?«

Drei Stunden später stand er rauchend an ihrem geöffneten Fenster. Verwöhnt, dachte sie, vielleicht teilnahmslos, vielleicht feige. Sie benannte seine Eigenschaften am ersten Abend, um sich später darum nicht mehr kümmern zu müssen. Er hatte ihr Rad vom Schützenfest nach Hause geschoben und sie auf einer Bank bei der Kirche schlecht geküßt. Clemens, vierundzwanzig, sicher gefiel er den Frauen. Ihr auch.

Dann ist es November geworden.

Sie schaut Clemens neben sich im Wagen an. Abends,

wenn sie sich sehen, spricht er nicht viel. Er schaut sie nur an, vielleicht erstaunt, daß sie sich kennen. Er ist jung, fünfzehn Jahre jünger als sie, und was sie sich in der Nacht hinüberreichen, nennen sie nicht Liebe.

»Los, fahr mich zurück.« Fede wippt mit dem rechten Fuß gegen die geöffnete Beifahrertür.

»Laß uns nach Hause fahren. Es ist kalt«, sagt er. Sie starrt auf den Papagei, dann auf die Tannen am Straßenrand. Die Nacht ist klar und streng. Sie fragt sich, wann er zu Ende geraucht haben und was er dann tun wird. In der Ferne kann sie die Lastwagen hören, die über die Autobahn fahren. Der Sternenhimmel über ihnen ist so weit, daß sie gar nicht hinschauen mag. Der Himmel ist eine große Einsamkeit. So etwas merkt Clemens nicht.

Die Nacht nach dem Schützenfest hat er auf ihrem Teppich zwischen zwei roten Wolldecken verbracht. Sie hat gesagt, sie lasse keinen Mann in ihr Bett. Er hat gefragt, wieso, bist du verheiratet? Bevor sie am Montag morgen zur zweiten Schulstunde gegangen ist, hat sie sich zu ihm gelegt. Keine Liebe, nur eine Liebesgeschichte, vielleicht nur eine Geschichte, hat sie festgelegt, als sie zehn Minuten später auseinanderrollten. Sie hat eine Schürfwunde am Rücken gehabt, vom Teppich. Er ist mit dem Finger dort entlanggefahren. Hat Baustelle zu der Wunde gesagt. Er hat die Stelle geküßt: Das kommt davon, wenn du einen nicht im Bett haben willst! Und ihr Herz hat aus einem langsamen Leben heraus schneller zu schlagen begonnen.

Clemens schnippt mit geschlossenen Augen die Zigarette aus dem Fensterspalt. »Ich will nach Hause.«

»Deine Mama wartet wohl?«

Er arbeitet bei einer Lebensversicherung in Straßburg und lebt bei seiner Mutter, oben unterm Dach, in einem zweistöckigen Haus an der Straßenkreuzung nach Drusenheim und Soufflenheim. Unten im Haus ist rechts ein Geschäft für Alimentation, das betreibt seine Tante. Links das Geschäft für Bonneterie gehörte seiner Mutter. Die Frauen sind Schwestern. Die Mutter läßt die Schaufensterbeleuchtung die ganze Nacht brennen, die Tante nicht. Die Tante ist die ältere. Clemens hat Fede das Haus einmal auf dem Rückweg vom Kino gezeigt, vom Auto aus, und dabei in seinem Vertreteranzug neben ihr gesessen, in dem er noch jünger aussah, als er wirklich war.

»Das da oben ist mein Zimmer.«

In sein Dachfenster hinein wuchs der dünne Arm einer Glyzinie und hielt sich dabei an einem roten Regenrohr fest. Das hat sie gesehen, bevor sie am Bankautomaten gegenüber seinem Haus eilig siebenhundert Francs zog und, zurück auf dem Beifahrersitz, die Scheine gleich nachzählte, obwohl er zum ersten Mal von sich erzählte. Er hat die brennende Zigarette auch damals aus dem Fenster geschnippt und aufgehört zu sprechen. Einen Augenblick lang sind sie still gewesen. Dann hat er gelacht.

»Egal.«

Es war ihm wirklich egal, denn er hatte dank ihr ein Rätsel mehr in seinem Leben gelöst. Wie bekomme ich eine Frau ins Bett, die immer alles besser weiß? Und ein paar Nächte später hat sie von seinem Fenster aus auf den Bankautomaten geschaut.

»Fahr mich zurück«, sagt sie ein drittes Mal.

»Das führt doch zu nichts«, sagt er.

»Das führt nach Straßburg«, sagt sie.

Ich werde mich ganz vorn hinsetzen, hat sie gedacht, als sie schließlich die Postkarte in die Tasche schob. Das ist vor einer Woche gewesen. Sie hat das Gartentor mit der Hüfte geschlossen, während sie sich die Handschrift ansah. Das war er, diese Schlingen an den Buchstaben, die sich nach oben und unten auf das Papier warfen. Erst las sie die Schrift, dann las sie die Nachricht, während sie langsam durch den Garten Richtung Kellereingang ging, um den Kittel hinter der Tür aufzuhängen. Sie, Ende Dreißig, blond und Dorfschullehrerin in Sesenheim an der Moder. Als sie nach dem Studium ins Dorf zurückkam, starb gleich der Vater. Die Mutter schüttelte drei Wochen lang den Kopf und ihre Stimme wurde immer lauter, bis auch sie starb. Das war im Frühling vor fünfzehn Jahren. Sie, Fede, ist im Ort geblieben. Seit dem Tod der Eltern hat sie deren Haus an ein kinderloses Lehrerpaar aus Karlsruhe vermietet. Die kommen am Wochenende. Schaut Fede im Haus der Kindheit nach dem Rechten, zähmt und gießt sie den Garten, leert sie die Mausefallen, dann zieht sie dabei den blauen Kittel der Mutter an und hängt ihn nach zwei Stunden wieder hinter die kleine Tür zum Garten, an den türkisfarbenen Haken, der früher einmal zu hoch für sie war. Wenn sie dort ist, hört sie manchmal, mit dem Rücken an jene kleine Tür gelehnt, das Herz in sich schlagen und zählt mit, was in ihrem Leben nicht war. So taucht dann am Ende eines Nachmittags, in einem geschlossenen Raum, der nach altem Obst riecht, in einem kleinen Ort namens Sesenheim jene schwarze unversöhnliche Einsamkeit auf, die eigentlich nur im All wohnt. Dann lehnt sie da und meint, es gibt sie schon nicht mehr. Es gibt sie nur noch für die anderen.

Ja, ihr Leben ist kürzer, die Abende länger geworden, während sie beim Haarewaschen der Farbe auf ihrem

Kopf mit Essig, Zitrone und Kamille nachhilft, und manchmal mit dem Tubenblond aus dem Drogeriemarkt. Sie korrigiert die Klassenarbeiten am Küchentisch, während nebenan im Schlafzimmer der Radiowecker klassische Musik spielt. Seit zwei oder drei Jahren schaltet sie beim Korrigieren die gelbe Lampe an der Decke aus und eine grüne Schreibtischlampe auf dem Küchentisch an. So wird das Zimmer kleiner. So kann sie die Hände in einer Lichtinsel ausstrecken und sich einbilden, gleich unter der Tischplatte gäbe es Trost. Frauen ab fünfunddreißig werden jede Nacht heimgesucht von fünf Minuten der Angst, hat sie in einer dieser Zeitschriften für die Schönheit gelesen. Und: Kinderlosigkeit verursache Gefühlsverkalkung. Seitdem macht, was bislang normal gewesen ist, sie unsicher und beklommen: Der kurze Schulweg, schnelles Autofahren, die Dämmerung im Herbst, Kino, Einkaufen am Samstag mittag kurz vor Ladenschluß, die Männer an der Kasse hinter ihr.

Männer an sich.

Früher ist sie anders gewesen.

Sie hat von der Postkarte hochgeschaut. Auf dem Gartenweg lag eine vergessene Pflaume vom Herbst. Sie hat ihr Herz im Mund geschmeckt.

»Was hat der eigentlich gemacht, daß du so durcheinander bist?«, fragt Clemens.

»Gelesen.«

»Und was?«

»Eine Novelle.«

»Und so was gefällt dir?« Clemens beugt sich zu ihr, knöpft ihren Mantel auf, dann die Jacke, bis das V des Pulloverausschnitts freiliegt. Er beugt sich tiefer und küßt die Spitze des V, und trifft sie auf diese Weise genau.

»Hast du ganz vorn gesessen?«

Sie schiebt einen Daumen in seine Faust. Er wird den Moment verpassen, wo er nicht mehr jung ist.

Doch eine Art Liebesgeschichte, hat sie sich zwei Monate nach ihrer ersten Begegnung korrigieren müssen, während sie allein die Spülmaschine einräumte, weil Clemens im Kino war. Sie hat dabei sein dunkles, hübsches, schweres Gesicht vor sich gesehen und mußte lächeln. Dieser Clemens, der ging auch in jeden Film, wenn nur das Plakat groß und bunt und die Handlung schlimm und simpel war. Wäre sie ein Film, er ginge nicht hinein. Aber sie ist sie. Außerdem ist es ihm egal, was sie sagt. Er nimmt ihr Reden nur als Musik auf. Mag ihre Stimme. Sie könnte auch den ganzen Tag tirilililí sagen. Sie weiß seine Größe, sein Gewicht auf ihr, sie kennt sein Staunen danach, wenn er von ihr rollt. Ich lebe ja noch! Und schon hat er alles vergessen, geht zum Kleiderschrank, den er von der sparsamen Tante hat, um ein frisches kariertes Hemd anzuziehen, das bis zu ihr herüber nach dem Weichspüler seiner Mutter riecht. Wenn sie abends auf seinem Sofa liegt, hat sie einen Wedel seiner Zimmerpalme im Gesicht. Sie haßt Topfpflanzen. Sie zählt die Buchrücken in seinem Regal. Eins, zwei, drei: Le Carré, Stephen King, Englisch für Hochstapler, Mathematik für die Oberstufe, während Clemens mit dem Zeh in sie hineingeht und seine Augen schwarz werden und irgendwo in der Ferne an einem noch schwärzeren Riß entlangschauen. Mit dem Mund ist er schon wieder über ihr, wenn sie noch nicht alles gesehen hat: den Stapel Gesellschaftsspiele, die Stofftiere, Fotoalben, rustikale Aschenbecher und sieben häßliche Kerzenständer aus Kaufhausgold. Er richtet sich auf und nimmt ihr den Palmenwedel aus dem Gesicht.

Jetzt muß ich wegen dir früher sterben.

Warum?

Weil ich wegen dir nicht genug schlafe.

Seine Hände riechen nach Zahnpasta, wenn er morgens das Haus, mit dem Hemd aus der Hose, verläßt, damit bloß jeder und vor allem die alte Tante sieht, er hat diese Frau da oben im Bett, die immer alles besser weiß und trotzdem wieder einschläft, einen Fuß in die Restwärme seiner Betthälfte hinübergestreckt. Unter dem Fenster fährt er die Autoantenne aus, um noch einmal auf sich aufmerksam zu machen.

»Und? Hast du dich ganz vorn hingesetzt?«

»Nein.«

»Warum nicht, vielleicht ginge es dir dann jetzt besser.«

»Alles besetzt, als ich kam.«

»Alles?«

»Ja, alles. Mit Damenschirmen.« Sie beugt sich vor und sucht in ihrer Tasche herum. »Auf jedem Stuhl ein Damenschirm«, wiederholt sie.

Er lacht und legt seine Hand ganz unten auf ihren Rükken.

»Laß uns nach Hause fahren, da gibt es auch Bücher.«

»Aber nicht eines hat so eine Novelle wie seine.«

»Und so etwas Altmodisches gefällt dir?«

»Ich gefalle mir besser, wenn ich bei so etwas Altmodischem zuhöre.«

»Meinst du, du wirst vom Zuhören schöner?«

»Mann«, sagt sie da. Sie beugt sich zu ihm, will sein Gesicht mit dem Gesicht berühren. Er schaut weg.

»Der, der ist doch, der ist …« Er stockt.

Ortseingang Bischwiller. Eine Gruppe von fünf Tannen, ein Mann und eine Frau und eine Donnerstagnacht, die sich anfühlt, als sei Freitag. Er starrt auf den Papagei, sie auf die Gruppe Tannen. Dicht über dem Boden tauchen sie alles in grüne Nacht. Tannen sind schuld daran, daß manche Nächte nicht nur dunkel sind, sondern Gespenster.

»Wenn du jetzt einfach weiterfährst.«

»Klar fahre ich weiter«, sagt er, »da kann auch der Papagei nichts machen.«

»Wenn du fährst, gehe ich zu Fuß nach Straßburg.«

»Das wirst du wohl müssen.«

»Ach komm«, sagt sie. Wieder starren sie sich an, jeder von seiner Seite des Lebens.

»Du willst wegen dem zurück. Der sitzt doch sicher noch da und schreibt für Frauen kurz vor der Menopause seinen Namen auf die erste Seite seines Romans.«

»Novelle, nicht Roman«, sagt sie. Noch immer stehen sie im Leerlauf. Leise drückt er den Fuß gegen das Gaspedal, leise, wie einer, der traurig geht.

»Der, der ist, der ist doch ...« Er schaut sie unglücklich an. Es ist die Nacht vom 16. auf den 17. November.

»Du bist doch zu jung für den«, sagt er. »Und wer ist dieser Kerl überhaupt?«

Sie steigt aus. Schlägt die Tür. Er fährt, und sie steht da und hält sich an ihrer Handtasche fest. Er fährt einen Bogen um den Papagei und streift mit dem Scheinwerferlicht die Tannen. Sie hat den Klang ihrer eigenen Schritte im Kopf, wenn sie sonnabends als letzte über einen langen Flur das Schulhaus verläßt, der Hausmeister hinter ihr herfegt und ruft: Schönes Wochenende, Mademoiselle Brion, und sie antwortet: Bis Montag, Monsieur Berger. Und der Besen von Monsieur Berger trifft sie beinahe an der Ferse, wenn sie vor ihm her durch den langen Schulflur läuft. Sie verläßt das Schulhaus Richtung Osten. Das

Apartmenthaus, in dem sie wohnt, liegt am Rand des Dorfes. Auf dem Weg dorthin kommt sie jeden Tag am Haus ihrer Eltern vorbei, wo die Büsche großzügig über den Zaun wuchern. Fedes einziger Schlüssel paßt überall in ihrem Apartmenthaus, unten in die Haustür, oben in ihr Wohnschließfach. Er paßt zu Keller, Waschküche, Speicher und Fahrradraum. Im Zimmer steht ein englisches Metallbett, neunzig Zentimeter breit, ein Vertiko, ein Videorekorder, ein Computer, ein türkisches Teetischchen mit vier alten Holzstühlen von daheim, ein lila Sofa, und der Toilettendeckel ist schwarz. Dort im Bad stellt sie die Tuben mit der Aufschrift *Für Reife Haut* mit der Aufschrift zur Wand, wenn Besuch kommt. Anziehsachen und Schuhe hat sie im Flur, von wo aus auch die Küche, zwei Schritte breit und drei lang, abgeht. Auf dem Küchentisch steht der Computer. Im Schlafzimmer, mehr eine Kammer, hat sie ihr Archiv, einen kleinen Kopierer und alle Bücher, die sie in den letzten fünfzehn Jahren für die Schule brauchte. Es gibt in der ganzen Wohnung kein Muster, außer den Teerosen an der Sofawand. Die Tapete hat sie ehrgeizig ausgesucht. An manchen Sonntagnachmittagen zählt sie die Rosen, auf dem Rücken liegend, nach. Und manchmal wählt sie dann eine Telefonnummer. Seit einem halben Jahr ist es die von Clemens.

Fede dreht dem Ortseingangsschild Bischwiller energisch den Rücken zu und läuft die Landstraße entlang Richtung Straßburg. Ein leidenschaftliches und lächerliches Unternehmen. Der Mond beleuchtet es. Die Novembernacht ist windig und schauerlich. Es ist die Nacht der Leoniden, die sich nur alle dreiunddreißig Jahre so prächtig zeigen. Sternsplitter stürzen wie Regen auf die Erde zu. Ihr enger Rock spannt sich bei jedem Schritt. Natürlich ist sie nicht mehr ganz bei Trost, in ihrem Kopf lassen sich Fühlen, Denken und Erinnern nicht mehr voneinander unterscheiden. Sie muß sich beeilen. Sie muß ihn noch einmal sehen. Sie hat so viele Erinnerungen. Aber was will sie ihn fragen? Einzelheiten soll er ihr erklären, beschließt sie, nichts Grundsätzliches. Warum auf der letzten Postkarte zum Abschied Pfingstrosen waren. Ein Bündel unbefangener Pfingstrosen im September? Warum er ihr jetzt wieder geschrieben hat, wieder so eine alberne Blumenkarte, mit der Einladung, zu seiner Lesung zu kommen. Nach all den Jahren. Warum? Denn solche Einzelheiten halten das Ganze zusammen. Wenn sie sorgfältig miteinander sprechen, mag danach nicht alles gut, aber einiges besser sein. Sie geht so schnell, kaum daß ihr Schutzengel ihr folgen kann. Als sie ein Motorengeräusch in ihrem Rücken hört, hebt sie die Handtasche, damit Clemens sie auch sieht.

Ein Taxi bremst scharf neben ihr.

»Warten Sie einen Moment.« Sie zögert.

»Warten Sie«, sagt sie noch einmal, und ihr Ton hat sich geändert, »ich muß mal eben.«

Sie verschwindet hinter einem Baum. Der Taxifahrer läßt den Motor laufen und schaltet die Uhr ein.

2.

»Sesenheim kenne ich«, sagt der Taxifahrer, während sie Richtung Straßburg fahren, und sie, in den Rücksitz schräg hinter ihm gedrückt, nickt.

»Wegen Goethe, aber eigentlich ist Sesenheim nur ein Fleck an der Moder, wo die Frauen die Wäsche zu lange draußen hängen lassen. Übrigens, darf man hier rauchen?«

Er nickt in den Rückspiegel und sucht ihre Augen und hält ihren Blick fest. Ein Blick, länger als drei Sekunden, ist ein Kontakt.

»Ich weiß nicht, wie die Frau damals in Sesenheim hieß«, sagt er.

»Welche?«

»Na, die von Goethe. Er soll doch da mal eine gehabt haben.«

Fede schweigt, dreht das Fenster herunter, wirft die Kippe raus. Denkt an Clemens. Denkt an den Papagei. Und denkt an noch was.

»Mathilde«, sagt sie, »sie hieß Mathilde.«

»Die von Goethe?« Der Taxifahrer wiegt den Kopf. »Sind Sie da sicher?«

Pastor Kehler und seine Frau haben Mathilde damals aufgenommen. Sie und ihren Papagei. Mathilde ist vor vier Jahren für ihr letztes Schuljahr aus dem Waisenhaus Colmar nach Sesenheim gekommen und Fedes Schülerin gewesen. Mathilde ist anders als die anderen Mädchen im Ort. Sie ist mehr als nur jung und sieht aus wie Marilyn Monroe, als die noch nicht Marilyn Monroe war. Mathilde klemmt ihre leberwurstfarbenen Haare mit zwei alten Wellenreitern von Frau Pastor hinter die Ohren und hat schiefe Zähne. Trotzdem. Wenn sie auf der Bank bei der Bushaltestelle sitzt und liest, fahren die Autos langsamer. Eines Tages ist Fede mit Clemens vorbeigefahren.

»Fahr mal langsamer«, hat Fede gesagt. »Da ist die Mathilde.«

»Welche Mathilde?«

Fede ist ausgestiegen. Clemens folgte. Mathilde schlug ihr Buch zu und stand von der Bank auf. Das kleine T-Shirt ließ ihren Bauch frei. Der Anblick hat Fede gestört. Denn ihr war, als sähe sie sich selbst im Rückspiegel eines vorbeifahrenden Autos auf der Dorfstraße stehen, plötzlich wieder siebzehn und wieder nur darauf wartend, daß das Leben endlich vorbeikommt. Sogar Farbe und Marke des Autos, das so ein Leben fährt, waren damals vorbestimmt. Ein silbergrauer Ford, in Fedes Fall. Der Ford von Wendisch. Von Wendisch, damals, vor fünfzehn Jahren.

Welche Farbe und Automarke Mathilde bevorzugt, hat Fede nicht gewußt. Sie hat aber energisch am Saum von Mathildes T-Shirt gezogen und den Stoff in den Bund der Jeans gestopft.

»Aber das trägt man so.«

»Aber hast du das nötig?«

Irgend etwas hat auf dem T-Shirt gestanden. Zicke? Vielleicht. Auf jeden Fall zeichneten sich Mathildes Brüste unter den fetten Buchstaben ab. Fede hat ihren Mantel zusammengeschlagen und gesehen, wie Clemens sich beide Frauen sehr genau ansah. Es ist mehr ein Reflex als eine absichtliche Geste gewesen, daß sie ihn da zum ersten Mal ins Gesicht faßte, auf offener Straße, mit zwei Fingern über seine Wange fuhr und Clemens deswegen erstaunt, erfreut und dann ein wenig spöttisch sie angeschaut hat.

Das sei ihre ehemalige Schülerin Mathilde, hat Fede zu laut gesagt und ihren linken Handteller in Richtung des Mädchens geschoben. Als ob sie um etwas bäte. Und das sei Clemens. Sie hat die rechte Hand nach ihm ausgestreckt und dann beide Hände zueinander geführt und gemerkt, sie ist allein. Denn Clemens und Mathilde haben sich angeschaut in dem Moment, und der Moment dauerte und gehörte den beiden. Mathilde hat, während sich eine kleine Haarsträhne aus dem Wellenreiter losriß und auf ihrer Stirn nachzitterte, sehr ruhig gesagt: »Ich weiß, ich habe Sie schon oft gesehen. Sie fahren doch unter der Woche nach Straßburg in einem blauen Peugeot? Sie fahren manchmal an mir vorbei.«

Fede hat die Hände in die Manteltaschen geschoben. Der Moment zwischen Mathilde und Clemens war einen Moment zu lang gewesen. Sie standen zu dritt auf der Straße. Es wurde langsam dunkel. Schon hat Fede die beiden herumspazieren sehen, bis hinunter zum Fluß, das Licht bräunlich, wie immer an späten Sommertagen. Er sicher schneller und schneller, um die anderen Spaziergänger abzuhängen. Um mit ihr und den zwei langen Schatten an ihren Fersen allein zu sein. Um später im Dunkeln ganz mit ihr allein zu sein, und das nicht nur, um Anfangsbuchstaben in Baumrinden zu ritzen. Fede hat die leere Straße hinuntergeschaut. Ja, es wurde dunkel. Auch die Dämmerung war so ein Prozeß, der sich nicht aufhalten ließ. Endlich ist Mathildes Bus gekommen.

»Wie findest du sie?« hat Fede gefragt, als sie neben Clemens wieder im Auto saß.

»Es geht«, hat er gesagt. »Ich habe nicht so genau hingeschaut.«

»Ha«, sagt der Taxifahrer. Er nimmt mit links eine scharfe Kurve, dreht das Steuer ruckartig zurück, daß Fede kurz kippt und gleich wieder gerade sitzt.

»Säßen Sie vorn, wäre das eine schöne Komm-Kurve gewesen.«

»Sie hieß nicht Mathilde«, sagt Fede da zum Taxifahrer. »Sie hieß Friederike.«

»Kann sein, daß die so hieß. Aber auf jeden Fall war das diese Sache mit Goethe. Und die war in Sesenheim?«

»In Sesenheim, klar«, sagt sie. »Wo war Goethe nicht.«

Als Wendisch damals gegangen ist, hat das Gartentor gequietscht. Im Ort sagen die Frauen mit den Kopftüchern über Fede: Die Friederike, die wird gar nicht älter. Es stimmt. Sie ist wohl steckengeblieben mit ihrem Gesicht in dem Tag, an dem Wendisch ging. Der 1. September 1984. Seit dem Tag denkt sie immer, er kommt zurück. Immer wenn das Gartentor quietscht. Das ist ein Fehler, aber einer mit Hoffnung. Am Ende ist sie froh gewesen, in das Apartmenthaus am Ortsausgang von Sesenheim gezogen zu sein, in das Haus, wo Wendisch nie gewesen ist und wo nie ein Gartentor quietscht. Vor dem Haus liegt ein schmaler Streifen Rasen, auf dem die Anwohner vom Haus ihre Autos parken. Manchmal, wenn sie heimkommt und ein leichter Regen einsetzt, sieht sie das Haus, wie es ihr grau entgegenglänzt. Es ist ein noch junges, sechsstöckiges Gebäude, aus Beton, mit Balkonen wie Schießscharten, das Anfang der achtziger Jahre in der Straße hinzugezogen ist. Die anderen Häuser mögen es nicht, und an Regentagen rücken sie noch weiter von ihm ab.

»Erzählen Sie ruhig«, sagt der Taxifahrer, »dann schlafe ich wenigstens nicht ein.«

»Ach«, sagt Fede, »meiner schreibt eben.«

»Glückwunsch, und was fährt er für ein Auto?«

»Einen Ford Transit. Silbergrau.«

»Ach so einer.«

»Wissen Sie«, sie senkt die Stimme. Der Raum wird davon dichter.

»Wissen Sie, diese Ford-Transit-Fahrer …« Der Taxifahrer hat ebenfalls die Stimme gesenkt. Der Ton zwischen ihnen ist verschworen, obwohl sie aneinander vorbeireden.

»Er ist nach Sesenheim gekommen wie ein Ethnologe nach Afrika.«

Der Taxifahrer nickt, aber er lügt. Er hat sie gar nicht verstanden. Er mag nur, wie sie leise miteinander sprechen, als habe jemand eine Schlafdecke über sie gelegt. Dann hustet er trocken. Sie hat einen Fehler gemacht. Jetzt denkt er nicht mehr über sie nach, sondern über das Wort Ethnologe. Und plötzlich ist ihnen beiden langweilig wie im Theater. Auch sie fängt an zu husten, hebt das linke Handgelenk dicht vor die Augen und versucht, die Uhrzeit im Licht der vorbeihuschenden Straßenlampen zu entziffern. Plötzlich sagt er:

»Und was wollte der wirklich in Sesenheim?«

»Suchen Sie etwas Bestimmtes«, hat auch der Bürgermeister von Sesenheim wenige Tage nach Wendischs Ankunft von ihm wissen wollen. Wendisch hat gezögert. Fede stand zufällig beim Umtrunk im Rathaus neben ihm und hat gedacht: Nimm mich!

Sie hatte ihn am Tag zuvor schon gesehen und ihn sich ausgeschaut. Wendisch saß da am Eckfenster vom Croix d'Or, wo die Lüftung einem in den Nacken zieht. Er saß gebeugt und lauernd über einem Stück Papier und trank einen Ballon rouge. Es war früher Mittag. Er schrieb. Vom ersten Augenblick an dachte sie, er wolle ihr, so am Fenster hockend, ein Bild von sich geben. Nur ihr. Er sah zu spät auf, als sie nach der fünften Stunde Sport in ihren flachen Schuhen vorbeiging. Er heiße Wendisch, erfuhr sie vom Pastor noch am gleichen Tag.

Kennt man den?

Der Name sagte ihr nichts, obwohl sie Deutsch unterrichtete, und dieser Wendisch schrieb.

Novellen, sagte der Pastor, er schreibt Novellen.

Das ist vor fünfzehn Jahren gewesen, im letzten Frühling, bevor ihre Eltern starben und sie aus dem Zuhause bei der Kirche in das Apartmenthaus am Dorfrand zog. Damals ist Wendisch über fünfzehn Jahre älter gewesen als sie, daran hat sich in den letzten fünfzehn Jahren wenig geändert. Nur sie hat sich verändert, in ländlicher Abfolge. Erst Schaf, eine unglückliche Zeitlang Ziege, und mit fast vierzig endlich Kuh. Bei Wendisch ist sie noch Schaf gewesen, ein junges Schaf auf flachen Schuhen. Sie hätte Stunden, Wochen, ein Leben lang auf dem Bett liegen und ihm beim Schreiben zusehen können, wenn er nur zwischendurch aufgestanden und mit oder ohne seine Tasse, mit oder ohne seine Zigarette, sein Glas Whisky, ja, mit oder ohne Oberhemd zu ihr ans Bett gekommen wäre und gesagt hätte: Kleine, Schöne, meine Süße. Spatz, wie ich dich liebe. Und es am besten gleich auch getan hätte. Als Wendisch nach Sesenheim kam, um irgendwas zu recherchieren, ist er ein gerade noch junger Dichter gewesen, der ohne Feuer, aber mit viel Verstand und noch mehr Lärm schrieb. Ein Sprachmeister, aber keiner, der begeisterte. So hat sie es in den Jahren danach ihren Schülern beigebracht. In den Jahren, in denen Wendisch berühmt wurde und sie allein in Sesenheim zurückblieb. Wendisch stand nicht auf dem offiziellen Lehrplan. Sie hat ihn aus Rache durchgenommen.

Wendisch und sie sind damals sehr vertraut miteinander geworden. Sie wußte, wann er gerülpst und sich deshalb und auch wo verschrieben hatte. Sie begann, in grüne Bettwäsche gewickelt und an seinen Rücken gelehnt, der Wendischs Schreibbewegung auf sie übertrug, blind die Verben in seinen Sätzen zu prüfen. Einem Satz ohne Verb fehle die Haltung, sagte sie. Er küßte sie dafür. Eines Tages ist Wendisch gegangen und kurz darauf richtig Wendisch geworden. Ein erfolgreicher angestrengter Romanautor mit Preisen, Frauen und Reisen und zwei oder drei Suchtproblemen. Die Frauen liebten ihn dafür, daß er die Frauen liebte. Und nun, ein Häufchen müder Glut, aber sentimental geworden, hat er ihr die Einladung zu seiner Lesung im Straßburger Opernfoyer geschickt. Er hat an ihre alte Adresse geschrieben. Sie hat am quietschenden Gartentor der Eltern gelehnt, als die Karte kam.

»Wissen Sie?« Sie legt die Stirn gegen das Seitenfenster. Kurz beleuchtet den Straßenrand ein blauer Neonelefant. Er wirbt mit erhobenem Rüssel für das nächste Einkaufszentrum. Der Rüssel will ein großes Lachen sein. Beim Anblick des leeren Parkplatzes vor dem flachen Verkaufsgebäude fällt Fede die Einsamkeit aller Sonntage in den Rücken, die sie allein in Sesenheim verbracht hat.

»Wissen Sie, in meiner Erinnerung hat er all die fünfzehn Jahre an seinem Auto gelehnt und ist neben dem Bahnwärterhaus in Sesenheim stehengeblieben, als hätte jemand ihn da für mich in Stein gehauen.«

Der Taxifahrer stützt den Ellbogen auf die Innenverkleidung.

»Der Ethnologe, meinen Sie«, sagt er und nimmt den Rücken seines Mittelfingers in den Mund. Ziemlich zärtlich, findet sie.

Sie wüßte gern, wie er heißt.

Daß sie aber auch nichts geahnt hat und Schulstunde hielt, während Wendisch an der kleinen Tankstelle am Ortsausgang einen Ölwechsel machen und die Luft in den Reifen prüfen ließ, sein Zimmer im Croix d'Or zahlte und ein Trinkgeld hinzulegte, das man nur zum Abschied daläßt, so daß die Frau des Organisten, die damals noch keine siebzehn war, zur Schule gelaufen kam, Fede, Fede flüsterte unter dem Fenster des Klassenzimmers, und zwei Mal: Achtung, Achtung, er geht! Es war um die dritte Schulstunde, vielleicht war es Deutsch, aber sicher ist es das Ende des Sommers gewesen.

In jener Nacht schliefen sie stundenlang miteinander, und sie sagte: Nicht kommen, nicht kommen! Hat sie denn geglaubt, wer so am Kommen hindert, verhindert auch das Gehen? Hatte sie das geglaubt? Ja, sie erinnert sich.

Sie lehnt den Kopf gegen die Seitenscheibe des Taxis. Vereinzelte Autos reißen Lichtbänder über die Straße. In Sesenheim fährt um diese Zeit kein Auto mehr, und die Witwe vom Coop schnarcht bei geöffnetem Fenster auf die Straße hinunter.

Ja, so hätte es sein können: Draußen verglühen die Sommerabende, und die Winter verschneien sich. Ein Man n wird nicht Wendisch, aber aus dem Wir wird etwas. Wer sagt denn, daß, wer keinen Erfolg hat, weniger wert ist? Er kann auch hier schreiben, dachte sie damals, kann schreiben und bleiben, während sie von Montag bis Sonnabend, auf flachen Schuhen im Sommer und in Gummistiefeln im Winter, zur Arbeit geht, einkauft, sich mittags zu ihm legt, davon bestimmt rasch ein Kind bekommt, und er und sie die Jahre wie Vögel vorüberfliegen lassen.

»Träumen Sie?« fragt der Taxifahrer. »Wie alt sind Sie eigentlich?«

Als sie Achtunddreißig sagt, pfeift er anerkennend. Sie überhört das.

»Manchmal«, sagt sie, »wenn ich Schnee schaufele am Gartentor, die Büsche im Vorgarten meiner Eltern ab Dezember schneide, heruntergewehte Äste vom Gehsteig sammle, im Kittel, seit zwei Jahren trage ich Kittel ...«

»... den müssen Sie aber schnell ausziehen, wenn das Gartentor mal richtig quietscht«, sagt der Taxifahrer und zieht hart an seiner Zigarette.

»... wenn ich die Dachrinne am Haus, wo ich einmal mit meinen Eltern gewohnt habe, putze und im Hof die Birnen auf den Kies klatschen, denke ich: Er ist tot.«

Dann holt sie Luft.

»Ach Scheiße, die Liebe!«

»Was wäre Ihnen denn lieber?« fragt er.

Plötzlich hat sie einen Schluckauf.

»Fahren Sie schneller«, sagt sie.

In jener letzten Nacht sind Möwen an der Moder gewesen. Es hat geregnet. Wenn sie es bislang nicht gewußt hatte, von da an wußte sie es. Man schläft nicht miteinander, um sich näher zu sein, sondern um sich voneinander losreißen zu können. Der Rhythmus macht, daß es geht. Während er wohl dachte, so käme er gut weg, dachte sie, er bleibt, er bleibt! Bei dem Regen bleibt er sicher. Und später einmal werden wir nur noch von dem Regen sprechen. Werden sagen: Erinnerst du dich noch an den Regen, der dann fiel? Sie ist danach vom Bett aufgestanden. Sie hat sich gedehnt. Der Tag war trüb. Ich muß nach Frankfurt, hat Wendisch gesagt. Fede sah Frankfurt gleich vor sich. Hohe Häuser, und dazwischen ein kleiner gelber Kirchturm, der den anderen Häusern nur bis zur Hüfte reicht. Da mußte er nicht hin! Doch, hat er gesagt. Denn eigentlich wollte er nur kurz hier schreiben, dann mußte er bleiben. Das hat er ihr übelgenommen, vor allem bei schlechtem Wetter. Sie hat sich wieder gedehnt, gelacht, gesagt, das sei schon ganz anderen hier so gegangen. Und er hat auf den Bettpfosten geschlagen. Das Karussell in Frankfurt fahre jetzt ohne ihn weiter, hat er gesagt. Welches Karussell, hat sie gefragt, denn von seinem Nebenverdienst auf der Kirmes wußte sie noch nichts. Sie hat im Lachen noch angefangen zu denken, und ihr Gesicht wird wohl plötzlich scharf geworden sein. Klar, auf dem Karussell saß die Konkurrenz, schlief nicht. Auch nicht mit ihr, dem Mädchen von der Moder. Die Konkurrenz schrieb um die Wette. Sie hat Wendisch angesehen. Aber mit mir ..., hat sie gesagt. Mit ihr fand Wendisch lauter schöne Sätze, am Wegrand, auf den Spaziergängen, übers Land oder hinunter zum Fluß. Die Sätze hat er nicht aufgeschrieben. Aber die waren es, worauf er schrieb. Die haben sie gemeinsam übereinandergeschichtet, aber schweigend. Und sie freihändiger als er.

Aber mit mir ..., hat sie noch mal gesagt und ihn im Stehen vor dem Bett eine Stunde lang geküßt.

In dem Kuß ist schon die Erinnerung an den Kuß gewesen.

»Schauen Sie mal«, sagt der Taxifahrer. »Der Himmel.« Er bremst. »Das ist ja ein Feuerwerk.«

»Das sind die Leoniden«, sagt sie und steigt schon aus.

Er nimmt sie bei der Hand. So gehen sie auf ein freies Feld hinaus. Sie hat noch immer den Schluckauf.

»Ein Wunder«, sagt er.

»Das kommt alle dreiunddreißig Jahre so, das Wunder«, sagt sie. »Es kommt von einem eisigen Gesteinsblock, der im Abstand von zwölf Millionen Kilometern an der Erde vorbeirauscht. Er verliert Tausende von Staubkörnern. Die verglühen.«

»Haben wir ein Glück«, sagt der Taxifahrer und zündet sich eine Zigarette an, ohne ihre Hand loszulassen. Das hat Routine, vom vielen Fahren? Vom Rumstehen auf nächtlichen Feldern mit vielen Frauen?

»Wünschen Sie sich etwas«, sagt sie und versucht den Schluckauf zu unterdrücken.

»Aber das sind ja Tausende.«

»Dann eben tausend kleine …«

»Wünsche? Sie unterschätzen mich«, sagt er. »Und Sie?«

»Ich wünsche mir zwei Jahre Sex, fünf Jahre Liebe, fünfzehn Jahre Freundschaft.«

»Das ist …«

»Nicht klein«, sagt sie, »sondern realistisch.«

»Und mit wem? Mit dem in dem blauen Peugeot, der abfuhr, kurz bevor ich anhielt, oder mit Ihrem Ford-Transit-Fahrer, der eh schon in Ihrer Erinnerung silbergrau an jeder Ecke herumsteht? Wenigstens den Wagen sollten Sie mal verschrotten.«

Sie fährt sich mit der Hand durch das Haar, dann durch das Gesicht. Der Schmelz von früher ist weg, sagt ihr der Handteller deutlicher als jeder Spiegel. Sie schaut zum Himmel und ist plötzlich unsäglich müde. Und zugleich hat sie Angst vor diesem Schauspiel um das Nichtsein, da oben. Stünde nicht ein Mann mit dem Geruch nach Mann auf diesem Feld neben ihr, sie wäre dem ausgeliefert, was hinter ihr steht. Und das ist groß und ewig und ohne Farbe, wie nur das Nichts sein kann.

»Wenn die Leoniden das nächste Mal so wild vorbeistürzen, bin ich tot«, sagt sie.

»Wann haben Sie gemerkt, daß dieser Ford-Transit-Fahrer Sie nicht mehr richtig liebt?« Tod ist kein Thema für Taxifahrer, aber vielleicht schaut ihr Schutzengel so aus wie er.

»Er hat mich immer häufiger Radfahren geschickt«, sagt Fede und geht langsam zum Taxi zurück.

Als sie einsteigen, fragt sie:
»Woran glauben Sie?«
»An das, was ich sehe.«
Er dreht sich auf dem Fahrersitz um. Sie hält die Luft an. So wird sie wenigstens den Schluckauf los.
»Was sehen Sie?«
»Sie sehen gut aus.« Während sie flüstern, bewölkt sich der Himmel.
»Und was ist aus Wendisch geworden?«
»Nachdem er gefahren ist?«
»Ja.«
»Wendisch eben.«
»Berühmt?«
»Ja.«
»Wie Goethe?«
»Nein.«
»Und er hat Sie nach Frankfurt eingeladen?«
»Nein, nicht nach Frankfurt. Nach Straßburg.«
»Sofort?«
»Nein, fünfzehn Jahre später.«
»Nach so langer Zeit?«
»Ja, und ich bin wegen dem Mann sogar zum Friseur gegangen«, sagt sie, »weil ich mich eigentlich ganz nach vorn setzen wollte. Das Fernsehen war da, und eine Journalistin hat den Kameramann ein paarmal auf das Wasserglas unter der Leselampe hingewiesen, in dem Rotwein war, und als das Team den letzten Scheinwerfer am Ende der Lesung noch nicht ganz ausgeschaltet hatte, ist diese Redakteurin nach vorn gegangen und ganz nah an ihn herangetreten. So wie manche Frauen das machen, so mit dem Becken, Sie verstehen? Sie hatte auch einen tiefen Ausschnitt im Pullover, und er hat tief hineingeschaut. Wissen Sie, da kann ich ihm auch nicht helfen, wenn er

nicht merkt, daß so ein Ausschnitt nur ein Ausschnitt ist und nicht die ganze Person. Wer da hineinfällt, dem kann man nicht helfen, oder? Ich aber bin in meiner zweiten Reihe einfach nur aufgestanden und habe den oberen Knopf am Mantel geöffnet. Da hat er mich angesehen.«

»Und«, fragt der Taxifahrer, » hat er Sie erkannt?«

»Ich weiß es nicht«, sagt sie leise. »Ich weiß es nicht. Ich bin ja nicht so eindrücklich auf den ersten Blick.«

»Oh, oh«, sagt er, » das finde ich schon.«

Sie sind schon nah bei der Stadt, der Himmel, auf den sie zufahren, wird heller. Sie fahren durch einen Tunnel, der nicht beleuchtet ist. In regelmäßigen Abständen fällt Nachtlicht von außen in die schwarze Röhre ein. Grau-schwarz-grau-schwarz wechseln sich ab, als hörte das nie auf.

»Es macht Spaß, mit Ihnen in der Nacht zu fahren.«

»Ach ja?« sagt sie müde.

»Fede in der Nacht«, sagt er. Sie erinnert sich nicht, ihm ihren Namen gesagt zu haben. »Weshalb fahren Sie jetzt noch nach Straßburg zurück, Fede?«

»Um ein Buch zu kaufen.«

Er bremst, dreht sich zu ihr um.

»Um diese Zeit?«

»Ja.«

»Von diesem Wendisch?« Er schiebt den Kopf zwischen den Vordersitzen durch und schiebt das Kinn in ihre Richtung.

»Um diese Zeit?« fragt er noch mal. Sein Mund kommt näher und küßt sie nicht.

»Hat das nicht Zeit bis morgen?«

Wendisch hat sie nur einmal im Fernsehen wiedergesehen, in einer Veranstaltung für Sieger. Der erste geladene

Gast war Tennisspieler, der zweite Modekönig und der dritte, Wendisch, ist als ein Sieger in Sachen Liebe und Literatur zur Talkshow am Freitagabend geladen gewesen. Sie hat ihm zulächeln müssen, obwohl er ihr nur vom Fernseher aus in die Augen sah. Dieses gewisse Lächeln ist in den Jahren seit seinem Abschied fest in ihrem Gesicht geblieben, zu einem Zug geworden, unbestimmt, angenehm. Sie ist hübsch geblieben mit der Erinnerung an ihn. Das Alter hat gezögert, sie anzugreifen, als befürchte es, Ärger zu bekommen, mit Wendisch, falls der noch mal, in Hechtgrau, nach Sesenheim zurückkommt, um auf der Schwelle vom Coop mit ihr zusammenzustoßen.

Ich wollte doch immer einmal zurückkommen, hört sie ihn in diesen schönen Momenten der Einbildung dann sagen.

Und wie?

In einem hechtgrauen Anzug.

Hechtgrau, meinst du, das reicht als Zeichen der Reue?

Sie, auf der Schwelle des Coop, bemerkt dann, er sucht nach festen Sätzen im hilflosen Schweigen.

Ach, ich habe von uns erzählt.

In deinen Büchern?

Ja, aber mach dir keine Sorgen. Was ich von uns erzähle, darin ist kein Strich, der nicht erlebt wurde, aber auch kein Strich ist darin so, wie er erlebt wurde.

Wendisch hat in der Talkshow tatsächlich einen hechtgrauen Anzug getragen. Hechtgrau ist in dem Jahr seit Jahren aus der Mode gewesen. So hat sie sich gegen Ende der Sendung sogar die Nägel feilen und, ohne noch einmal aufschauen zu müssen, sich einreden können, sie warte nur auf den späten Spielfilm.

»Wir sind gleich da.« Der Taxifahrer streicht mit seiner Rechten über den Beifahrersitz. In dem Geräusch, das seine Hand macht, steckt eine Frage. Sie sucht nach dem Geldbeutel in ihrer Handtasche. Er fährt langsam und schaltet das Autoradio ein. You have lost that loving feeling, singt Elvis Presley. Sie lacht, weil sie am Hals merkt, sie ist rot geworden.

Auf die Oper zu führt eine Doppelreihe mit Akazien, dazwischen liegt eine Promenade für Spaziergänger. Die Stämme der Akazien haben sich geschält schon vor dem Winter, und die Rinden liegen, ein Schmerz, auf dem Weg aus feinem Kies. Sie überholen eine Gruppe von jungen Menschen, die alle schwarz gekleidet sind. Von den Fenstern der Oper sind nur zwei, parterre rechts, erleuchtet. Dort ist das Operncafé. Dort muß Wendisch noch sein.

Ich warte, hat Clemens vor vier Stunden auf dem Parkplatz neben der Oper gesagt, die Krawatte im Auto abgebunden und den obersten Knopf an seinem Hemd geöffnet. Mach weiter, hätte sie in dem Moment gern gesagt, dann bleibe ich hier. Mit großen Schritten, die jung aussehen sollten, hat sie dann doch den Parkplatz hinter sich gelassen und ist auf die Oper zugelaufen. Im Rücken die Augen des einen, in den eigenen Augen bereits die Augen des anderen Mannes.

»Haben Sie eigentlich einen Freund?« Der Taxifahrer schaut sie an.

»Wieso?«

»Soll ich warten?« Er zieht die Handbremse an.

3.

Vier Kronleuchter, rote Stofftapete und zwei junge hübsche Kellner, die vielleicht die Aufnahmeprüfung zur staatlichen Schauspielschule nicht geschafft haben und vielleicht deswegen so eingebildet sind. Mit einem Blick in das Glas der Eingangstür hat Fede das Haar gerichtet. Salon Sophie, Sesenheim. Auf den schwarzgoldenen Fensterbänken stehen Topfblumen und Perückenköpfe. Die Wände sind mit schweren Stoffen und Masken drapiert, und die Espressomaschine lärmt. Sie hat eine ganze Provinz an den Fersen, als sie quer durch den Raum muß. Alle schauen sie an, nur der, den sie kennt, schaut nicht. Der kriecht unter dem Tisch herum. Eine blonde Frau beobachtet die Unterseite seiner Schuhe dabei. Beide tragen sie bereits Mantel.

Na, geht ihr jetzt vögeln, würde Fede am liebsten quer durch den Raum bis zu dem hintersten Tisch da drüben fragen, auf dem das Schild »Reserviert« steht.

Fede öffnet wieder den obersten Knopf ihres Mantels. Daß man zusammen schläft, ist weder unerhört noch schicksalhaft, denkt sie. Eine Erregung bekommt man auch beim Holzfällen. Ein Stöhnen ist kein Versprechen. Und daß es einen zum Schreien bringt, sich so nah zu sein, sagt eigentlich auch nichts. Man reicht etwas hinüber, was man nicht Liebe nennt. Das kennt sie. Fede öffnet den zweiten Knopf am Mantel und geht einen Schritt vor. Nur ist es nicht schön, denkt sie, daß man schutzlos den Vorstellungen ausgeliefert ist, der andere mache es mit einer anderen genauso und sehe dabei genau so aus. Niemand ist gemeint in dem Moment, von dem sie immer glaubte, er könne sich nur zwischen ihm und ihr so anfühlen. Niemand ist gemeint in dem Moment, von dem sie als Mädchen immer dachte, daß er einen Mann und eine Frau für immer aneinander bindet oder für immer voneinander entfernt.

»Also«, sagt sie laut und geht vor, bis sie mit der Hüfte gegen die Tischkante stößt. Der Tisch ruckt. Sie stößt ihn noch einmal an. Eine Störung, die guttut. In diesem Augenblick flackert über dem Tisch im Operncafé ein Musikvideo auf, und das Schild »Reserviert« fällt um. Hinter dem Tisch öffnet ein großer Spiegel das Fenster zu einem zweiten Raum, in dem es alles nicht und doch noch einmal gibt. Fede sieht, dort drüben rückt Fede den Tisch weiter vor.

»Was soll das?« Die Redakteurin spricht Deutsch.

»Tischerücken. Alter elsässischer Brauch hier.«

»Und was soll dabei herauskommen?«

»Die Wahrheit«, sagt Fede.

Da streckt Wendisch endlich seinen Kopf unter dem Tisch hervor. Er hat den falschen, leeren, den dumpfen Ausdruck eines Mannes auf dem Gesicht, dem eine Frau soeben versprochen hat, daß er in einer halben Stunde befriedigt sein wird, wenn er mitkommt.

»Er sucht meinen Handschuh«, sagt die Redakteurin, »wir wollten gerade gehen.«

Fede dreht sich ratlos einmal auf der Stelle.

»Bleib doch«, sagt Wendisch da, und als Fede die Hand auf den Tisch legt, langt sie in einen klebrigen Rest Alkohol.

Dann ist sie erst einmal durch das Foyer hinauf ins Erste Parkett gelaufen. Denn das Café hat keine eigene Toilette. Sind alle Wände rot bespannt und die Treppen rot ausgelegt gewesen? Oder ist es nur das Schweinwerferlicht gewesen? Sie weiß es nicht mehr. Neben der Herrentoilette hat sie einen Mann mit dunklen Bartstoppeln telefonieren sehen, hinter vorgehaltener Hand. Seine Augen sind grausam und starr gewesen, als sie gezögert hat, um zu lauschen. Er hat zu sprechen aufgehört, bis sie die Toilettentür hinter sich geschlossen hat. Wiederhole, was ich dir gesagt habe, hat sie ihn noch sagen hören. Und in der Nase hat sie den Geruch gehabt, den seine Spucke wohl auf der Sprechmuschel gelassen haben mag. Im Spiegel hat sie ihre Haut gesehen, Schale im Winter. Sie hat einen Kaugummi in den Mund gesteckt und Vorsätze gefaßt. Sie wird sich eine Suppe mit Wein bestellen, sie wird diesen unklaren Zustand lächelnd ertragen, sie wird am Kaugummi weiterkauen, das sie gegen einen Wunsch, zu küssen, eingetauscht hat. Sie wird sagen, doch, doch, ich gehe gleich, und sich noch einmal zurücklehnen, wird den Kopf ihres Daumens in der Hand halten, gegen den schweren Augenblick. Sie wird die andere nicht wegbeißen, nur absitzen.

Als sie zurückkommt, sitzt Wendisch mit dem Rücken zu ihr, am Tisch, im Mantel, allein. Sie sieht, wie er eine lachsfarbene Visitenkarte in seine Brieftasche steckt. Sie bleibt leise stehen, sagt aber laut: »Mensch, Wendisch, du Aas.«

So etwas hat sie noch nie getan, und Wendisch schrickt zusammen. Auch wenn sie nicht mehr schön sein sollte, nach all den Jahren und um diese Nachtzeit, hat sie ihm doch noch was zu sagen. Sie hat seinen Blick bemerkt, im Spiegel hinter dem Tisch. Alles schon Bild, auch wie sie dasteht, klein, nicht mehr jung, mutig. Anmutig. Seine Gedanken sind schneller und schärfer als seine Beobachtungen. Wäre sie nackt, er würde seufzen und gleich wissen: eine Nymphe wie bei Soundso, so durchsichtig, wie gemalt, so transparent.

In dem Moment wird das Licht dunkler, und jemand sagt: Minuit.

»Komm.«

Sie bleibt stehen.

»Komm«, sagt Wendisch und zieht dabei seinen Mantel wieder aus. Sie ihren auch. Sie kommt. Auf dem Bildschirm über seinem Tisch wiederholt sich stumm das Musikvideo. »Der Chor des Theaters Weimar« blendet der Untertitel ein. Der Chor singt, einmal in Weimar bei Sonne, einmal in Weimar bei Schnee. Im Winter ist der Atem sichtbar, aber man hört trotzdem nichts. Sie spielt mit dem Schild »Reserviert« und hat sich noch nicht gesetzt.

»Ich habe dich übrigens im Fernsehen gesehen.« Plötzlich hat sie das Lächeln, das sie all die Jahre konserviert hat für ihn, verloren. Hat ein ganz kleines, böses Gesicht. Eine Faust mit zwei funkelnden, harten, blaugrünen Steinen darin. Sie stellt sich vor, sie kratzt ihm den Arm, die Brust auf, und etwas, das brennt, gerät in die Wunde. Sperma?

»Erzähl.« Er greift nach ihrem Handgelenk. Die Geste soll die Zärtlichkeit haben, die seiner Stimme fehlt.

»Ich bin mit dem Taxi gekommen«, sagt sie und setzt sich endlich.

Es ist eine russische Armbanduhr, auf die sie jetzt schaut. Sie hat sie von Clemens, und woher der sie hat, weiß sie nicht. Nachdem er sie zweimal unter ihrem Bett vergessen hatte, hat er sie ihr geschenkt. An der Position Zwölf leuchtet ein roter Stern. Clemens ist ein Gedanke, den sie im Moment ausdrücklich nicht denken will.

»Ich wollte dein Buch von dir kaufen«, sagt sie zu laut.

»Das hättest du vor zwei Stunden gekonnt.«

»Da wollte ich aber noch nicht.«

»Aber jetzt sind keine mehr da, die Buchhandlung ist längst fort. Ich könnte dir eins schicken.«

Sie legt ihren Handschuh auf das einzige Buch, das auf dem Tisch liegt.

»Das ist mein Leseexemplar, mit Strichen.«

»Mit Strichen«, fragt sie und legt ihre Hand auf den Handschuh.

»Fede«, sagt er.

»Fede«, sagt sie.

»Hübsche Fede.«

»Hipsch Fede«, sagt sie, wie die Leute im Dorf es sagen. Dann Schweigen. Sie schweigt kürzer.

»Genau«, sagt sie da. »Das will ich.«

»Fede«, er zögert und schaut sich um. Nach den anderen Menschen im Café? Nach einer Zigarette.

»Rauchst du noch?« Ihre Hand auf dem Handschuh ist heiß.

»Fede«, sagt er und legt seine Hand auf ihre. »Bist du krank?«

»Fede, bist du krank? Bist du im Schrank«, sagt sie mit verstellter Stimme, mit Genugtuung. So endete ein Gedicht, das er vor fünfzehn Jahren für sie geschrieben hat.

Sie sitzen da, beide entschlossen zur Kälte. Sie beobachten sich. Vielleicht ist ja einer von ihnen heil geblieben in all den Jahren, um das Spiel neu zu beginnen, nur weil ein Wunsch, wer weiß denn welcher, noch im geheimen Herzen blieb? Wendisch bestellt, was sie will, Suppe und Wein. Der Kellner flirtet mit ihr. Danach fühlt sie sich tatsächlich hübscher. Sie nimmt zum Essen den Kaugummi aus dem Mund.

»Hast du ein Papier?«

Er schüttelt den Kopf.

»Dann gib mir die Visitenkarte.«

Er lächelt, zieht seine Brieftasche aus der Hosentasche und holt daraus eine Karte.

»Nicht die«, sagt sie, »die lachsfarbene.«

Er lächelt nicht mehr. Sie wartet.

»Mit jeder anderen Frau schläfst du dich weiter von mir weg«, sagt sie, »gib mir also wenigstens ihre Karte.«

Er gehorcht, dann zuckt er zusammen.

»Scheiße, was tust du da«, sagt er. Sie wickelt ihren Kaugummi in den lachsfarbenen Karton.

»Voilà Viola«, sagt sie, ohne genau gelesen zu haben. »Welch ein Name. Viola Mortimer, Fax und Fon und alles dran.« Sie zielt genau, und das zerdrückte Papier landet hart im Aschenbecher.

»Sag mal, hast du schon was getrunken?« fragt er.

»Sag mal, hast du schon was gegessen?«

Der Kellner bringt eine Packung Zigaretten und schaut sich Wendisch genauer an. Ob er ihn zu alt für sie findet? Aber aus dem Alter, daß ein Mann zu alt für sie ist, ist sie langsam heraus.

»Hat dir mein Buch gefallen?« fragt Wendisch.

»Würde ich es sonst mitten in der Nacht per Taxi kaufen kommen?«

»Aber das hättest du doch wirklich einfacher haben können. Warum hast du nach der Lesung nicht gewartet?«

»Weil jemand auf mich gewartet hat, draußen«, sagt sie.

»Ach«, und Wendischs Gesicht rutscht aus der Fassung, was sie freut. In seiner Vorstellung muß sie wohl die letzten fünfzehn Jahre in einem Einmachglas gesessen haben, bei verschlossenem Deckel, der Boden mit Kunstrasen ausgelegt, und auf dem chemiegrünen Rasen steht ein kleiner Wohnwagen, aber mit dem kann sie nicht weg.

Mit dem fährt sie nur ab und zu gegen schützendes bruchsicheres Glas, bis ihr der Nacken weh tut. Dann fährt sie wieder zur Mitte zurück und setzt Teewasser auf.

»Warum hast du mir nie geschrieben?«

»Aber«, und er sieht genau zwischen ihre Augen, »aber habe ich doch.«

»Aber nur eine Karte mit Pfingstrosen. Auf der stand, daß es so nicht mehr geht, weil deine Frau meine Haare in deinen Socken gefunden hat.«

»Deine verdammten Haare«, sagt er da zärtlich und greift wieder nach ihr. Sie weicht aus und wischt mit dem Finger ihre Lippenstiftspur vom Glas.

»Warum hat dir mein Buch gefallen?«

»Wegen der Bilder.«

»Ach Gott, ja, das nun wieder«, sagt er müde. »Und welche?«

»Die von der Liebe. Die, in denen ich glaubte vorzukommen, und jene, in denen ich gern vorkäme.«

»Liebe, was soll denn das sein«, fragt er.

Sie läßt den Löffel in der Suppe stehen und sieht ihn so ernst an, daß er lachen muß und sie, in das Lachen hinein, das Wort »Liebe« wiederholen könnte, ohne daß er es merkt. Dem Leben mehr entreißen, als es zu geben vermag, das ist Liebe, denkt sie. Das ist Liebe für mich. Sie zittert wenig, aber spürbar, und das kommt ihr erbärmlich vor. Er zündet ein Streichholz an, betrachtet die Frau am Nachbartisch, Mitte Vierzig, lange silberne Ohrgehänge, kurze rote Haare, irgendwie östlich, rumänisch, mit einem dicken blauen Buch aus der Leihbibliothek. Auch wenn er jetzt das Streichholz wieder ausbläst und seine alte Fede anlächelt, sie kennt das schon. Ab jetzt wird er immer wieder zum Nachbartisch schauen und ans Wildern denken.

»Was war das nur mit uns?« Sie nimmt ihm das angekokelte Streichholz aus der Hand und bröselt das Schwarze vom Kopf, und in dem Moment klingelt in seiner Manteltasche das Telefon. Geh doch dran, will sie sagen, doch sie sieht die Veränderung in seinem Blick. Um diese Zeit kann das nur eine Frau sein. Seine Frau? Die von früher? Oder eine neue, eine noch neuere? Wenn er jetzt nicht ans Telefon geht, gefällt diese Frau ihm nicht mehr richtig, und Fede, oder die Erinnerung an die Fede von früher, gefällt ihm besser. Schon greift er Fedes Hand, greift höher, bis zum Ellenbogen ist er schon bei ihr, und diese andere Frau steht sehr allein im Nachthemd, in einem fernen kalten Flur beim Telefon, oder liegt mit angezogenen Knien in einem halbleeren Bett und beginnt aus den Haaren oder zwischen den Brüsten zu riechen, weil er nicht abnimmt.

Fede aber leckt am Suppenlöffel.

»Hast du ein Kind?« Das Telefon klingelt noch immer.

»Ja.«

Sie schaut in den Spiegel hinter dem Tisch. Plötzlich hat sie das Gesicht, das sie in zehn Jahren einmal haben wird. Müde und hart. Um wenige Millimeter verschoben, weg vom Schönsein. Nach diesem Abend wird sie endgültig ausgeschieden sein und den Platz am Fenster einnehmen, wo die Alten in Sesenheim sitzen. Das Leben wird vorübergehen, und sie wird zwei Kissen auf die Fensterbank und zwei Unterarme auf zwei Kissen legen. Sie wird ihr Leben betrachten, wie man einen langweiligen Regentag betrachtet. Vielleicht findet Wendisch für ihre Regentage einen Platz in seinem Buch, wenn er etwas Atmosphärisches braucht? So wäre der Unsinn, den sie lebt, nicht vergeblich. Aber Wendisch schüttelt nur den Kopf. Er will sich nicht wie sie erinnern? Oder will er nur nicht ans Telefon gehen?

Der Kellner neigt sich in dem Moment, wo das Klingeln aufhört, über den Tisch und sagt auf Französisch, das Benutzen von Handys sei in diesem Lokal untersagt. Mit einer letzten Bestellung geht er zum Tresen zurück. Er wackelt ein wenig mit dem Kopf dabei. Es dauert, bevor sie sich ansehen und weitersprechen können.

»Wie lebt es sich jetzt in Sesenheim?« fragt Wendisch ungeschickt.

Wieder klingelt das Telefon, Wendisch holt es heraus und kriecht mit einem kleinen »Ja?« hinein.

Den Oberkörper halb unter dem Tisch, gibt er sich Mühe, seine Lustlosigkeit sachlich klingen zu lassen. »Ich sitze hier noch mit den Engländern. Jaja, genau, mit dem Verleger und dem Übersetzer. Es kann spät werden. Küß den kleinen Frosch von mir.« Er steckt das Handy weg.

»Wie alt ist denn der Frosch?«

»Fünf.« Er blickt nicht auf. »Ich weiß, eine späte Sünde.«

In diesem Augenblick mag sie Wendisch überhaupt nicht mehr. Wünscht sich fort. Wünscht sich, Clemens warte auf sie am Bahnhof Sesenheim, wenn sie mit einem letzten Zug doch noch dort ankäme. Clemens, in seinem flaschengrünen Pullover, den er ihr manchmal leiht, nimmt sie unter den linken Arm. Für einen Moment wohnt sie in seiner Achselhöhle. Er schiebt sie ins Auto, ins Zimmer, ins Bett und schläft an sie gedrängt gleich ein. Am Morgen wachen sie auf, wie sie eingeschlafen sind.

»Wie alt ist denn die Mutter vom Frosch?« fragt sie.

»Achtundzwanzig.«

Fede schaut auf ihre Uhr. Beide Zeiger stechen in die Mitte des Sterns. Aber es ist längst nach Mitternacht.

»Ich mag dein Glück nicht«, sagt sie.

Die zwei hübschen Kellner fahren das Licht weiter herunter und drehen die Musik lauter. »New York, New York« ist der Rausschmeißer. Als das Lied zum zweiten Mal läuft, tritt die Redakteurin hinter Wendisch. Ein nasser Irish Setter, der zu ihr gehört, kriecht mit aufgerichtetem Hinterteil unter den Tisch. »Dora, Dora«, sagt die Redakteurin zweimal zärtlich zum Hund. Beide Frauen schauen sich an. Die Redakteurin drückt dabei ihre Haarspitzen wie Teebeutel aus und setzt sich auf die Stuhlkante. Dann schaut sie in den Aschenbecher, auf das Stück geknüllte lachsfarbene Pappe. Für einen Moment ist ihr Gesicht lang und töricht.

»Ich bin gekommen, um zu sagen, daß ich jetzt gehe«, sagt sie.

»Wir wollten auch gerade gehen«, sagt Fede.

»Wo sind Sie eigentlich her?« Die Redakteurin schaut auf Fedes Haar. Salon Sophie, Sesenheim. Klar sind Fedes Haare nur Haar und keine Frisur.

»Sesenheim«, sagt sie. »Ich komme aus Sesenheim.«

»Ach, ja? Das kennt man ja aus der Literatur.«

»Stimmt, da haben wir uns kennen gelernt.«

Fede schaut Wendisch an, und an der Bar lacht die Rothaarige aus Rumänien laut auf und sagt: »Und dann ist es quietschend durch den See gepaddelt und hat sich am Ufer zwischen die Nackten gelegt, das Schwein.«

Die Redakteurin gähnt und schaut nach dem Hund unter dem Tisch. Er stinkt.

Sesenheim, weißt du noch, sagt Fede jetzt mit den Augen zu Wendisch. Das Croix d'Or, weißt du doch noch?

Wenn jemand den Windfang betrat und noch nicht die Tür aufgestoßen hatte, dann strich sich bereits die zukünftige Frau vom Organisten die weiße Schürze glatt. Gäste! rief sie dann schüchtern, und als sie das bei dir das erste Mal rief, weißt-du-noch, war sie noch sehr jung. Du fragtest beim Essen nach dem Weg nach Fraize. Nach Fraize, wiederholte da die zukünftige Frau vom Organisten, und es klang verliebt, wie sie Fraize sagte. Sie erklärte gern den Weg dorthin, der soundso führte, und malte mit einer Messerspitze auf das weiße Tischtuch dabei, gleich neben deinem Teller. Da habe sie nach der Schule bei Renault gearbeitet, sagte sie. Den Weg im Tischtuch strich erst ein nächster Gast am nächsten Tag glatt. Der aß, was du wohl nicht mehr weißt, ein Pferdesteak mit zuviel Zwiebeln und fragte, warum in den Fensterbildern unserer Kirche die Reihenfolge in den Legenden nicht stimme. Warum Kain und Abel auf einem Feld, das zu gelb sei, sich schlügen, noch bevor Adam und Eva, ihre Eltern, aus dem Paradies vertrieben worden seien. Gen Osten, ins Land Noth. Und, fragte der Fremde, wessen Idee das frivole Blau auf der Empore gewesen sei. Barock, nicht frivol, sagte unser Pastor, der zufällig am Nachbartisch saß. Kehler heißt er, weißt du noch? Der stand schwer auf, stützte die Hände auf die nächste Stuhlkante, dann auf eine nächste, eine nächste, und kam so langsam herüber und dem, der da so fragte, näher und setzte sich zu dem Fremden dazu. Zur Welt.

Fede hat eine Hand auf Wendischs Unterarm gelegt. Er hat die ganze Zeit über ihren Augen sehr ernst zugehört. Ihre Hand liegt auf Wendisch und sagt: Meiner!

»Sesenheim und Pastor Kehler, weißt du noch?« Wendisch nickt.

»Mit dem habe ich oft über dich gesprochen. Oft. Und wenn Wendisch scheitert, habe ich ihn gefragt, kommt er dann wohl zurück?«

»Dora, wir gehen«, sagt die Redakteurin.

»Bitte«, sagt Fede, »tun Sie das. Es ist auch schon spät.

Der Hund muß ins Bett. Und die wirklichen Geschichten von Sesenheim werden Sie nur langweilen. Sie sind ja noch nicht Literatur.«

Das Haar der Redakteurin ist noch um keine Spur trokkener.

»Wie heißen Sie eigentlich?«

»Friederike Brion.«

»Ach Gott, Sie Ärmste. Und Sie leben auch noch in Sesenheim?«

»Und Sie? Haben Sie es weit bis nach Hause?« Fede nimmt ihre Hand von Wendischs Arm. Die Rothaarige schaukelt auf dem Barhocker mit den Knien, und ihr Rock rutscht auf einer grünen Strickstrumpfhose höher.

»Erzählen Sie ruhig weiter, Fräulein Brion«, sagt die Redakteurin, und in ihrer Stimme ist eine professionelle Müdigkeit wie bei einer zu langen Ansage, für die sie kein Geld bekommt. »Sie sind so frei, Fräulein Brion, wie alle vom Dorf. Sie werden sogar noch rot, wenn Sie erzählen.«

»Erzählen?« murmelt Wendisch. »Die erfindet doch.«

Fede zieht ein Taschentuch aus ihrem Rock. Irgendwie ist der Rock in den letzten Minuten länger geworden, und sie schneuzt sich. Daß ihr das jetzt bloß kein trauriges Taschentuch wird!

»Passen Sie kurz auf den Hund auf?« fragt die Redakteurin. »Ich muß mal zur Toilette.«

Und Fede hofft, daß der böse Mann mit den Bartstoppeln noch auf dem Gang beim Telefon ist, wie vorhin, und daß er ihr gleich neben der Toilette etwas Böses antut.

»Wie heißt er?«

»Wer?«

»Der dich gefahren hat.«

»Clemens.«

»Und ist wie alt?«

»Jung.«

»Weiter?«

»Mehr ist nicht.«

»Da fehlt doch noch was?«

»Ja«, sagt sie. » Aber das ist bei Sprache so, sonst gäbe es keine Wörter, nur Reihen.« Bei dem Wort Reihen sieht sie vor sich die Reihen von Fahrradständern auf dem Schulhof, die Reihen von Kleiderhaken im Flur, und wie diese Haken im Rathausflur höher hängen als die im Schulflur. Da muß sie wieder hin.

»Wie ist er so?«

»Ja«, sagt sie langsam, »er hat ausdrucksvolle Hüften.« Eine Frau in einem weißen Popelinemantel geht an ihrem Tisch vorbei, und Fede lacht. »Wendisch, ich glaube, deine Bekannte kommt nicht mehr, und den Hund hat sie dir ans Bein gebunden.«

Während Wendisch irritiert an seiner Bügelfalte zieht, dreht sich die Frau im Popelinemantel um, so daß ihr Gesicht sich halbiert, halb im Licht, halb im Schatten liegt. Die Augen an dessen Saum. Die Frau verschwindet durch die Eingangstür. Der rote Vorhang gegen die Kälte schlägt hinter ihr zusammen, und Fede sieht eine goldene Krone über die Holzdielen des Cafés rollen, über die die Frau soeben noch gegangen ist. Die Krone ist, was vom Verschwinden der Frau bleibt. Etwas, das man aufheben kann.

»Was will dieser Clemens von dir?«

»Er glaubt, daß ich schön bin. Bin ich aber gar nicht.« Sie legt den Kopf in der Hand ab.

»Was sonst?«

»Ich tue nur so.«

Hinter dem Tisch in dem großen Spiegel sieht sie ein

trauriges Café, da drüben in der Nacht. Die Gesichter lösen sich nackter als am Tag voneinander, wenn die Gespräche stocken. Manches ist schon ganz schief vor Müdigkeit. Was ist verloren? Mit den Jahren verloren? Die seelische Fähigkeit, sich Täuschungen zu überlassen? Noch immer den Blick im Spiegel, schaut sie erst sich in die Augen. Dann dem Kellner, der in der Arbeit innehält. Der Kellner ist so alt wie Clemens. Er hat eine halbe Orange in der Hand. Während sie sich anschauen, hält seine Hand auf halber Höhe in der Luft inne. Sie läßt den Blick in seinem stehen. Wo sich ihre Blicke schneiden, setzt sich eine dritte Person hin, genau auf die Schnittstelle. Mathilde. Das Bild friert ein.

»Ihr Orangensaft«, sagt der Kellner plötzlich dicht an ihrem Ohr. Er hat längst den Blick aus dem Spiegel genommen, ist zum Tisch gekommen und hat ein Glas vor sie hingestellt. Einen Moment lang irren ihre Augen allein über das Spiegelglas. Was für ein trauriges Café, dort drüben. Wo das wohl ist?

»Ich zahle, für alles«, sagt Wendisch, der sich tatsächlich verspricht. Oder kommt es ihr nur so vor?

Bei der Autobahnauffahrt nach Hagenau, denkt sie, wohnen hundert Spatzen im Gebüsch und teilen sich jede leere Coladose, die aus einem Autofenster fliegt. Ja, daran denkt Fede, während sie merkt, so lange kann man gar nicht auf dem Klo sein. Auch als Blondine nicht. So lange kann man gar nicht sein Gesicht restaurieren.

»Und ihr Hund?« fragt Fede.

Kurz vor eins. Sie gehen über die Akazienallee, die Oper im Rücken. Sein Buch hat sie einfach eingesteckt. Der Hund trottet neben Wendisch her, die Nase am Boden. In einem Auto zwischen zwei blauen Parkstreifen ziehen ein Mann und eine Frau sich hastig um. Wendischs Schulter stößt bisweilen gegen ihre, wenn die Schritte aus dem Takt kommen. Sie hat Wendisch größer in Erinnerung. Ein Regen, den sie im Café nicht bemerkt haben, muß in den vergangenen Stunden die letzten Spuren vom Schnee weggewaschen haben. Jetzt liegt der Papagei am Ortseingang Bischwiller direkt auf dem Asphalt. Mathilde hat auch so einen Papagei. Der frißt morgens ohne weiteres ein Stück butterbestrichenes Knäckebrot. Ein Linkskraller, sagt Mathilde stolz, wenn sie ihn Gästen vorstellt. Sie ist siebzehn. Fede ist achtunddreißig. Sie ist froh, wenn sie davonkommt mit den alltäglichen Dingen, die sie tut. Wenn sie Kinder in einer Schule im Seitenflügel des Rathauses unterrichten kann, solange es Kinder gibt. Oder wenn sie Eisverkäuferinnen an der Ecke Eis verkaufen sehen kann, wenn die Sonne scheint, solange es Eis und Ecken gibt und die Sonne scheint.

Wendisch versucht den Arm um ihre Schulter zu legen.

»Warst du immer so groß?«

»Ja.«

»Hatte ich vergessen.«

Sie stoßen auf die erste Querstraße, wo der Fluß Ille die Stadt Straßburg zu einer Stadt am Fluß macht. Nur das Polizeipräsidium ist noch erleuchtet. Davor steht ein einzelner Mann mit kurzem Haar und Uniform und raucht.

»Haben Sie auch die Sternschnuppen heute nacht gesehen?« fragt er streng.

Sie nickt und zieht ihren Rockbund zurecht.

»Ja, Herr Kommissar.« Sie geht schneller danach.

Sie biegen in die Rue des Enfants ein. Wendisch zieht einen Autoschlüssel aus der Manteltasche, und der Hund schaut ihn bestürzt an. Vielleicht fährt er nicht gern Auto.

»Welche Sternschnuppen?« fragt Wendisch.

»Die Leoniden«, sagt Fede, »wo warst denn du heute nacht gegen elf, als man die Leoniden noch sehen konnte?«

Wendisch sagt, er weiß es gar nicht mehr, verbessert sich und ruft, als gäbe es einen Grund zu rufen: »Die Lesung, alles klar doch. Ich war wohl beim Signieren!«

»Aber ich war dabei.« Sie erzählt von einem freien Feld, von einem Feuerwerk, von einem Wir. Das Wir wird in ihrem Mund zu einem zärtlichen Tier.

»Da hast du ja richtig was erlebt.« Fede nickt und sieht in einem blanken dunklen Fenster, parterre, ein aufgestelltes Bügeleisen mit abgekühltem Gesicht zur Straße schauen.

»Wo gehen wir eigentlich hin?«

»Wir gehen einfach so lang, wie das Leben. Wie die Liebe.«

»Und wie geht die Liebe? Wie geht die, was meinst du?«

»Vorwärts, rückwärts, seitwärts ... Schluß. So geht die Liebe«, sagt sie.

»Schade.«

»Wieso?«

»Ja, schade«, sagt er. »Sonst hätte ich dir vorgeschlagen, wir könnten uns, wenn ich in der Gegend bin, alle paar Wochen sehen, auf einen Tag und eine Nacht. Können wir nicht?«

Sie bleiben auf einer Brücke stehen. Der Hund drückt die Schnauze durch das Geländer und wedelt mit dem Schwanz. Er grüßt wohl einen Fisch. Fede stemmt sich mit beiden Händen an der Brüstung hoch, verliert den Boden unter den Füßen. Ihre durchgestreckten Arme zittern. Als sie sich vor Anstrengung kaum noch halten kann, kann sie es endlich sagen.

»Nein«, sagt sie, »du hast so grauenhaft vorgelesen.«

Sie wünscht sich, es käme ein Regen, und das Schweigen, das von diesem Rauschen ausginge, verbreitete sich über die Stadt. Die Dächer naßglänzend, und sie unter einem davon, gegen eine fremde gebügelte Bettwäsche gedrückt, und auf ihr liegt ein Unterarm, ziemlich behaart, der Mann am Arm schläft, sagt etwas oder etwas nicht im Traum, um dann die Augen aufzuschlagen, sie anzusehen. Nur die Menschen sehen sich bei der Liebe an. Tiere nie. Der Mann nimmt sie bei den Hüften und setzt sie auf sich. Es ist Clemens.

»Sieh mich an«, sagt Wendisch.

»Kann ich machen«, sagt sie. »Aber mit Liebe ist da nichts.«

»Was war so schlimm an meinem Vorlesen?«

»Deine Schauspielerei«, sagt sie. »Deine Stimme war nicht einfach und machte kein Licht. Ich habe den Ton des Buches nicht gehört, weil du so laut warst. So ein Buch ist still, stelle ich mir vor. Du hast aus dem Auftritt des Buches deinen Auftritt gemacht. Du glaubtest, du seiest souverän und elegant, aber für mich hast du nur nachgemacht, was ein Künstler ist. Das war alles recht unterhaltsam, und deine Zuhörer haben dich gemocht. Du bist auf eine intelligente Weise interessant. Glückwunsch. Du hast aber dein Buch an die Wand gespielt, und deine Zuhörer haben die Verve bewundert, die deine Stimme bei dem Kraftakt hat. Ich würde dein Lesen Lärm nennen.«

»Trotzdem bist du zurückgekommen, um ein Buch zu kaufen. Was willst du damit heute nacht?«

Jetzt, wo er fragt, fällt ihr ein, was sie will.

»Fahr mich zum Bahnhof«, sagt sie. »Sofort!«

Bei »sofort« läuft der Hund los, ein wenig schräg und die dunkle Straße entlang.

»Warte«, hat Wendisch beim Auto gesagt und etwas aufgeschrieben, das Blatt geknickt, klein, kleiner und ihr in den Ausschnitt geschoben. Dahin, wo Clemens sie manchmal küßt. Es war seine Adresse.

»Der Bahnhof ist gleich dort«, hat er gesagt, »hinter der Einbahnstraße. Du bist schneller zu Fuß da.«

Er hat die Beifahrertür für den Hund aufgeschlossen, sich hinter das Steuer gesetzt. Ein Handschuh hat unter dem Scheibenwischer geklemmt. Fede hat ihn gleich gesehen, er erst, als er die Zündung und dann die Scheibenwischer angestellt hatte.

»Schau mal, da winkt dir eine«, hat sie gesagt und in dem Moment gewußt: Ich habe mich entliebt, längst schon, und in den letzten Stunden endgültig. Ich werde nach Sesenheim zurückfahren, mit dem ersten Zug am Morgen, und noch vor Schulbeginn beim Elternhaus das Gartentor ölen.

»Ich gehe jetzt«, hat sie gesagt.

»So eifersüchtig«, hat Wendisch gesagt und eine Braue hochgezogen, hat den Oberkörper halb aus dem Auto gehoben, um den Handschuh unter dem Wischer wegzuziehen.

»So eifersüchtig, wegen eines Handschuhs? Ist doch ganz originell von ihr, oder?«

»Ja«, sagt sie, »aber den Hund unter den Wischer zu klemmen, wäre noch origineller gewesen.«

Wendisch hat zu gut ausgesehen, als er durch die Seitenscheibe noch einmal zu ihr hochsah, und sie ist sehr rasch gegangen, bevor ihr Herz oder ihr Fleisch sie hätten überlisten können. Sie hat seinen Blick, eine letzte Versuchung, im Rücken gespürt und deutlicher deswegen die Kontur ihres Körpers unter dem Mantel, als sei sie nackt.

Natürlich hat sie sich da gewünscht, er würde den albernen Handschuh dieser albernen Person und den albernen Hund dazu an der nächsten Ecke aus dem Auto werfen. Er würde sich diese letzte alberne Mühe machen, für sie, und hinter ihr herlaufen. Sie hat sich nicht umgedreht.

... es war die Nacht vom 17. auf den 18. November. Die Nacht der Leoniden. Wir fuhren gegen Mitternacht auf ein freies Feld hinaus, um die kleinen Sterne stürzen zu sehen. Wir.

Nach wenigen Schritten ist der Satz fertig. Das schreibt er sich jetzt so auf. Wieder so ein Satz von ihr, auf dem er dann schreibt. Da ist sie sicher. Das ist es, was bleibt von der Nacht, in der er an der richtigen Stelle nicht dabei war. Das ist es, was ihn am Leben hält. Nicht dabei sein, aber trotzdem das Richtige schreiben. In dem Moment dachte sie einen richtigen Satz, und als er fertig war, war er verschwunden. Wendisch wäre das nicht passiert.

Während sie über den leeren Bahnhofsvorplatz ging, die katzenäugigen Leuchtstreben auf dem Boden als Weg meidend, während die wasserdichten Schuhe nach einem langen Tag drückten, während die Leuchtschriften der Hotels vis à vis der nächtlichen Bahnhofsfassade in Rot und Gelb und Blau andere Städte, andere Frauennamen vorschlugen, Nizza, Stella, Bordighera, während sie auf die Eingangshalle zuging, groß und schmal, von der Nacht zu einer wunderbaren Erscheinung hochgezogen, glaubte sie allerdings, die Welt in ihrem Rücken sehe ihr zu und stehe ihr bei. Sie drehte sich doch noch einmal um, sein Buch unter dem Arm, und ging rückwärts.

So sah sie nicht das Taxi, gegen das sie lief. Es war leer.

4.

Einen Moment lang überlegt sie, ob sie im Stella oder Bordighera ein Zimmer nehmen soll. Dann wischt sie einer weißen Bank über die Sitzfläche, setzt sich, mit dem Rücken zur Glasfront des Bahnhofs, zu den Hotels, zur Stadt, zu diesem Abend. Sie schließt die Augen, hört die Neonleuchten über ihrem Kopf summen und summt mit. In der Bahnhofshalle Straßburg streift sie die bösen Schuhe von den Füßen und versucht, im Schutz der modernen Glasarchitektur einzuschlafen. Vier Uhr siebenundfünfzig fährt der erste Zug Richtung Sesenheim. Über Fede auf der Bank flattert eine einzelne Taube unter dem Glasdach und findet keinen Weg hinaus. Schlaf doch, sagt sie zu der Taube und schläft selbst ein. Es ist kurz vor halb fünf, als sie das nächste Mal aufwacht. Aus dem Nachtzug Marseille–Paris–Berlin kommen ein paar müde Reisende, denen man ansieht, sie haben eben noch die Hände im Haar gehabt, haben eben noch mit leisen Stimmen im abgedunkelten Abteil geredet, ein Pfefferminz oder Kaugummi in den Mund gesteckt und abwechselnd auf ihre Armbanduhren geschaut, als verginge so die Zeit schneller. Auch sie schaut auf die Uhr. Clemens' Uhr. Noch immer stechen der große und der kleine Zeiger in den roten Stern. Sie dreht die Uhr auf und stellt sie nach. Sehr geschickt, ihr eine Uhr zu schenken. So muß sie immer an ihn denken, immer wenn sie hinschaut.

Kurz vor fünf. Nichts würde sich so früh morgens in einem Vorortzug mit schmutzigen Scheiben, Richtung Sesenheim, klären lassen. Sie schaut über flache öde Landschaft, die dem Rhein und den Reihern gehört, und freut sich auf zu Hause. Die Flammkuchenfabrik wird beim Bahnübergang die Nachtschicht ausspucken, ihr Zug wird dort vorbeifahren, und nur sie wird hinausschauen. Am Abend kurz vor sieben werden wie immer die Glocken läuten, erst die evangelischen, dann, zur Antwort, die katholischen, die aber tiefer. Sie werden den anderen im Dorf den Himmel bestätigen und ihr, obwohl sie nicht glaubt, ein Zuhause sein. Sie wird freitags jede geleerte Mülltonne vom Haus an ihrem hohlen Klang wiedererkennen und auch, wer sie von der Straße zurück in den Keller zerrt, ob der Besitzer des Fahrradgeschäftes oder die Nachbarin aus dem dritten Stock, die immer so hemmungslos singt, als sei das ganze Haus eine Badewanne, oder der Junggeselle aus dem vierten Obergeschoß, links, der am Wochenende im ganzen Treppenhaus diesen Geruch nach billigem Rasierwasser verbreitet. Sie wird bald wieder am Fenster sitzen und jede Fahrradklingel von weitem erkennen.

»Und Sie waren in Straßburg?« Der Mann im Zug ihr gegenüber schaut sie schon die ganze Zeit an. Auch er riecht nach Rasierwasser.

»Bildhauerin, Schauspielerin, Töpferin?«

»Nein, Lehrerin.«

»Ach so eine. Sehen Sie«, sagt er da, »heute morgen waren es vier Grad unter Null. Aber das Wasser hat vergessen zu gefrieren. Ich habe in die Pfütze vor meinem Auto geschaut, dann in die Regentonne, dann in den Trinknapf für die Meisen. Kein Eis. Nicht mal ein Glanz von Kälte. Ich habe gedacht, ich werde verrückt. Dann bin ich ins Haus zurückgegangen und dachte, wo ist meine Frau. Einen Augenblick habe ich geglaubt, ich hätte sie gestern abend an der Tankstelle bei Hagenau vergessen. Aber nein, nein, sie war ja tot. Das hatte ich vergessen, und da habe ich mich weiter erinnert. Ich hatte sie nie geliebt, und in dem Moment habe ich mich auch an das Wasser draußen erinnert, den Winter. Das Eis.« Er klopft gegen die Zugfensterscheibe. »Sehen Sie? So ist dann alles gefroren.«

Fede drückt die Stirn gegen die Scheibe. Sie legt das Gesicht in die Hände. Ihr Gesicht ist sehr schwer.

»Ist Ihnen nicht wohl?«

»Doch, doch.« Sein Rasierwasser in der Nase, schaut sie auf, streift seinen Blick und sieht wieder aus dem Fenster.

Der Morgen draußen hat ein graues Kleid an, das er sich nicht ausziehen läßt.

Vor dem Bahnhof Sesenheim steht ein einzelnes Taxi. Den Fahrer kennt sie seit immer. Vom 19. November bis zum 8. März trägt er in jedem Winter eine russische Pelzmütze. Den roten Stern, sein drittes Auge im Fell, hat er ihr vor über zwanzig Jahren einmal geschenkt. Da war sie vielleicht siebzehn. Er hebt zum Gruß zwei Finger zur Stirn.

»Du warst in Straßburg?«

»Ja.«

»Streunerin«, sagt er.

Sie geht weiter und sieht sich von außen. Ein großes müdes Pferd mit einer Laufmasche, links. Ja, sie kommt von Straßburg nach Sesenheim zurück. Von S. nach S. Sie ist also nicht sehr weit gekommen. Vor dem Coop stößt die Frau des Pächters mit dem Fuß Obstkisten in die Kälte. Äpfel, Bananen, sogar Mangos. Die Ärmsten. Die Kälte drückt von außen gegen die Ladenfenster, und innen brennt ein eiserner Ofen gleich hinter der Tür. Auf dem Ofenrohr steht in Rot und von Hand geschrieben *Dominique*. Das hat schon immer da gestanden, und so hat sich nie jemand gefragt, wer eigentlich Dominique gewesen sein mag.

Fede biegt in die Straße ein, in der sie früher gewohnt hat, als ihre Eltern noch lebten. Ein leichter Regen setzt ein. Dann Wind. Der Wind wird stärker. Beim Haus des Pfarrers schlägt im ersten Stock unsanft eine Fensterhälfte zu. Jemand schaut zu ihr herunter, während er die zweite von innen schließt. Das Gesicht hinter dem Glas ist ein großer grauer Fleck und vom Schlaf noch gedunsen. Sie läuft Richtung Ortsausgang. Als sie ihr Apartmenthaus erreicht, biegt gerade eine Betonwalze um die Ecke. Sie werden es also doch tun, den Rasenstreifen betonieren, um numerierte Parkplätze für die Anwohner zu schaffen.

Sie nimmt den Aufzug in den sechsten Stock, schließt ihre Wohnung auf, betritt ihr Schließfach, wie sie es nennt, und streift gleich bei der Tür die regendichten Schuhe ab, legt das Buch von Wendisch auf die Heizung im Flur und wirft einen Blick in den Wohnraum. Die Teerosen auf der Tapete kommen ihr vollzählig vor. Sie schaut ins Bad. In dem Spiegel über dem Waschbecken prüft sie ihr Gesicht, malt unentschlossen mit einem weißen und einem roten Stift an der Müdigkeit herum. Sie denkt an eine Tasse Tee und eine Brioche im Stehen und daran, diesen blöden Klodeckel zu schließen, der seit gestern abend offen steht, als Clemens sie für Straßburg abgeholt hat und als letzter zum Klo gewesen ist. Sie nimmt das Telefon und wählt seine Nummer. Keiner geht ran.

Sie geht zurück ins Bad und wirft den Klodeckel zu.

Bis zur Schule braucht sie nur wenige Minuten. Das Schulhaus steht als Quergebäude zum Rathaus, verlängert vom Turnhallenpavillon, wo die Mädchen die unteren Fensterscheiben mit Packpapier verklebt haben, wegen der Jungen, die aber trotzdem am Nachmittag feixend mit ihren Mofas dort herumstehen. Von weitem sieht sie die Schulhofbänke aus Stein mit aufgeklebtem Badezimmermosaik, dem nach jedem Winter mehr Steinchen fehlen, vor allem rote, und neben der Bank liegt dieser Haufen Tannengrün, mit dem der Hausmeister Monsieur Berger etwas Weihnachtliches vorhat, seit Ende Oktober schon. Drei Steinstufen führen zum Schulflur hinauf, die Tür geht so schwer, daß die Kinder sie kaum öffnen können. Aber in Japan sind die Türen an den Schulen noch viel schlimmer, sagt Fede den Kindern immer. Da werden die, die zu spät kommen, von einem Gitter zerquetscht, das Punkt acht heruntergelassen wird. Oft droht sie ihren Kindern mit Japan. Das hält sie ruhiger, wenigstens bis nach dem Wochenende.

Der Montag, einer von vielen, einer wie immer. Vielleicht läuft sie ein wenig schneller als sonst, denn der Wind ist eine große Hand in ihrem Rücken. Doch dann bleibt sie plötzlich stehen.

Auf der Kühlerhaube des blauen Peugeot sitzen Clemens und Mathilde.

Sein Wagen parkt direkt vor dem Schuleingang. Zwei Angestellte vom Rathaus stellen ihre Räder an einem Baum ab, obwohl es Fahrradständer im Hof gibt, die grauen für die Stadt, die grünen für die Schule. Mathilde und Clemens sprechen nicht miteinander. Sie lächeln ihr entgegen. Er hat ein anderes Gesicht, blaß, und unter der Blässe fester als gestern noch.

»Wir haben auf dich gewartet«, sagt Clemens. Mathilde nickt.

Wir!

Der Platz neben ihm ist besetzt, und sie hat zu lange in der Erinnerung mit Wendisch auf einer anderen Kühlerhaube herumgesessen. Im Abschied. Auf einem Ford Transit, silbergrau, der längst abgefahren ist. Die Aussicht beim südlichen Bahnübergang ist immer beschissen gewesen. Man sieht von dort aus, wo Wendisch sie vor fünfzehn Jahren hat stehen lassen, das düstere geduckte Bahnwärterhäuschen, in dem ab nachmittags eine häßliche Deckenlampe brennt, unter der die Familie beim Kartenspiel und die Großmutter vor dem Fernseher hocken, und hinter dem Bahnwärterhäuschen sieht man auf die Sümpfe beim Fluß. Warum hat sie an einen einzigen Satz von Wendisch ihre Zukunft gehängt: Wir werden eines Tages auf der Schwelle eines alten Hauses hier in Sesenheim mit den Nasen gegeneinanderstoßen. Darauf hat sie gewartet. Wie albern. Spätestens als er sagte, er wisse sogar, was er an diesem Tag des Wiedersehens tragen würde, etwas Hechtgraues nämlich, hätte sie auf einen anderen Stuhl im Leben rücken müssen. Wie schnell es doch geht, daß man zu langsam ist. Mit dem Mittelfinger sucht sie das Haar am Kinn, diese schwarze Borste, die alle drei Tage nachwächst. Sie sieht Clemens dabei an. Es wird noch ein wenig dauern, aber sie hat schon verloren, und wenn man älter wird, ist jede Niederlage eine Demütigung. Sie sucht mit dem Finger am Kinn herum und macht ein blödes Gesicht.

»Habt ihr euch schon geküßt?« Sie wirft einen prüfenden Blick auf die beiden falsch abgestellten Fahrräder dabei und bildet sich ein, da stünden zwei Kartons, auf beiden der Buchstabe W für Wendisch. Kartons, in denen nichts mehr ist. Eine schwarze Krähe landet auf dem Mülleimer neben den falsch abgestellten Fahrrädern und dreht den Kopf, als solle man sie von allen Seiten zeichnen.

»Wie bitte?« Clemens rutscht von der Kühlerhaube. Er zündet sich eine Zigarette an, schiebt den Kiefer vor, so daß die Zigarette wieder in diesem gewissen Winkel von seinem Gesicht absteht. Der gewisse Winkel, wie ein gewisses Lächeln. Ein sehr männliches Kind, das breitbeinig ihr Leben betreten hat, das nachts so leise atmet, wie alte Männer laut schnarchen, und das sie plötzlich doch liebt, weil sie bemerkt, kein Teil seines Körpers ist ihr lieber als sein Gesicht. Sie hätte sich früher bei der Liebe erwischen sollen. Clemens steht nun dicht vor ihr und legt die Hand an ihren Hals. Er schaut auf ihre Taille, den Hosenbund, und gleich wird er wieder sagen: So eine Jeans kann man nicht ohne Gürtel tragen, Fede. Aber er legt nur die Hand an ihren Hals, die Hand, die im nächsten Jahr um diese Zeit sich nicht mehr auf sie legen wird. Zu Neujahr werden sie sich noch einmal schreiben, und eines Tages wird alles vergessen sein.

Irgendwo läßt ein Auto den Motor an, fährt aber nicht weg. Und sie beide, eine Doppelfigur und aus der Achse geraten, kippen noch nicht, sondern halten. Ein schmaler Grat, der Kuß. Sein Handgelenk ist nah an ihrem Ohr. So hört sie seine Armbanduhr ticken, und als sie einmal kurz die Augen öffnet, sieht sie auf seiner linken Schulter die kleine Mathilde hocken, obwohl sie beim Auto steht. Sie hockt da wie ein zutraulicher Vogel. Eine optische Täuschung zwar, aber beängstigend, wie sie, die Züge entspannt, sich an etwas wärmt beim Warten, als habe sie die ganze Zeit über einen Fleck Morgensonne im Gesicht, an so einem trüben Tag wie heute. Heute gilt wohl für sie nicht. Sie sieht blind und groß und ruhig aus, die kleine Mathilde, und Fede hört sie hinter den dünnen geschlossenen Lidern da drüben den Satz von damals wiederholen: Ich habe Sie schon oft gesehen, Sie fahren doch unter der Woche nach Straßburg in einem blauen Peugeot. Sie fahren manchmal an mir vorbei.

In dem Moment fährt das Auto mit dem laufenden Motor fort.

»Was macht der Papagei, Mathilde, dein Linkskraller?« Fede schiebt Clemens ein Stück von sich fort und fragt munter, um die Stille, die zwischen ihnen entstehen könnte, zu vertreiben. Die Krähe hat einen Rest Bratwurst aus dem Müll gezogen und fliegt auf. Hoch über der Krähe fliegt ein Flugzeug. Sesenheim liegt in der Einflugschneise von Straßburg, und in den letzten Jahren stehen immer mehr Häuser leer.

»Der Papagei ist mir weggeflogen, vorgestern«, sagt Mathilde leise. »Ich lebe jetzt allein. Daran muß man sich erst einmal gewöhnen.«

In Straßburg sei er schon fünfzehn Jahre nicht mehr gewesen, sagt der Hausmeister. Seitdem er ohne Auto sei. Ob sie denn einen schönen Abend gehabt habe? Sie nickt. Ja. Straßburg ist für manche ein ganzes Leben von Sesenheim entfernt.

Fede steht im Schulflur, und hinter den Türen murmelt es. Es riecht nach alten Äpfeln, Putzmittel, lauwarmer Milch und Weichspüler. Monsieur Berger geht. Dafür kommt die Sonne. Ein paar weiße Strahlen dringen durch die dünne Wolkendecke, dann durch die ungeputzten Oberlichter der Flurfenster, nun in Bündeln, und bescheinen die Kleiderhaken auf Kindshöhe. Zwei Haken fehlen. Zwei dicke Nägel ersetzen sie, von Monsieur Berger persönlich in den bröckelnden Putz eingeschlagen. Auf dem rotbraunen PVC führen acht hellere Trampelpfade zu den acht Klassenzimmern und irgend etwas, vielleicht der Handspiegel einer dieser kleinen Sekretärinnen drüben im Rathaus, blendet Fede, als sie dort so ratlos steht. Als die Hauskatze ihr um die Beine geht, bückt sie sich: »Laß dich bloß nicht sterilisieren, denn das mit der Liebe geschieht nicht dauernd, man muß schon nehmen, was man kriegt«, sagt sie, »ja, und so ein Kater, das sind mindestens drei Kätzchen, also wenigstens was fürs Herz.«

Da schlägt der Schulgong am Ende der ersten Stunde. Sie kneift die Katze ins Genick und richtet sich auf, steht mit Jeans und ohne Gürtel mitten im Gang, während die Kinder um sie herumlaufen und zu laut grüßen. Sechste Stunde Sport, denkt sie, geht in ihr Klassenzimmer, öffnet die Fenster. Die letzten Blätter sind endlich von den Bäumen gefallen und kleben auf dem nassen Straßenpflaster.

Wo Clemens' Auto gestanden hat, ist ein heller Fleck auf dem regennassen Asphalt.

Er habe geträumt, er habe plötzlich das Gesicht von Robert Mitchum, und das sei schweißnaß, während eine Frau, deren Gesicht er gar nicht erkennen könne ...

Die Hand am Hörer, räumt Fede mit der anderen das feuchte Sportzeug aus der Schultasche. Typ Traumfrau also, sagt sie. Draußen wird es dunkel. Clemens hat ihren Einwurf nicht gehört und redet schon weiter.

... eine Frau also, die ihn anstarre, und wie er auch Whisky trinke. Er habe nämlich, er als Robert Mitchum, unterhalb des Herzens einen Steckschuß. Und einen im Bein. Was? Das sei nicht so schlimm? Man müsse nur liegenbleiben, bis einer käme? Aber das könne im Traum dauern ...

»Aber da ist doch noch die Frau«, sagt Fede.

Er sei dann, sagt Clemens, ohne Robert Mitchum im Bett aufgewacht, so gegen sechs, sei ins Bad gegangen, und habe angefangen, sich zu rasieren. Irgendwann sei ihm klar geworden, daß es nicht schäumte.

»Zahnpasta«, sagt er. »Ich habe aus Versehen Zahnpasta genommen.«

Sie lacht, und das ist es, was er will. Denn noch in ihr Lachen hinein fragt er:

»Kann ich jetzt kommen?«

Fede fährt mit dem Blick die Wandregale in ihrem Zimmer entlang. Alles Bücher. Einmal, als sie einer Freundin eine Aufnahme von sich und dem neuen Apartment geschickt hat, hat die zurückgeschrieben: Gut siehst Du aus. Aber in welcher Bibliothek ist das denn aufgenommen?

»Fede?«

»Komm«, sagte sie.

Ich kaufe ab jetzt Weichspüler und er bleibt, denkt sie und starrt an die Decke. Nach sieben Jahren, an einem sonnigen Novembernachmittag, werde ich sagen, siehst du, nun sind wir schon sieben Jahre zusammen. Siehst du, wir haben gelernt, glücklich zu sein. Clemens wird nikken. Dann wird er mich küssen und gehen.

Fede dreht sich auf den Bauch. Clemens liegt neben ihr.

Er hat sie vor einer halben Stunde mit einem Griff in den Nacken auf das Bett geworfen, so wie man kleine dünne Mädchen im Schwimmbad zurück ins Wasser wirft, bis sie lachen. Aber Fedes Begeisterung hat etwas gefehlt, ihrem Lächeln auch. Er hat ihren Hals, ihre Brust, ihr Haar gebissen, und sie hat dabei an etwas anderes gedacht. Möge er doch für den Rest seines Lebens all die Frauen, die nach ihr kommen, danach abtasten, ob und wo sie ihr ähnlich sein könnten, damit er in ihnen zwar die Welt, aber nicht sie, Fede, vergessen kann. Bist du jetzt glücklich, werden die anderen Frauen fragen müssen, und er wird in dem Moment bemerken, daß er traurig ist. Wegen Fede. Der Dorfschullehrerin von damals, großer, schmaler Mund und blau-graue Augen, ein breites, aber feines, herzförmiges Gesicht, und ein Zug von Kummer um den Mund, der eigentlich genau Fede ist.

»Was denkst du?« Clemens steht auf, stellt sich lässig ans Fenster, öffnet es, ohne Sorge, daß etwas an seinem Körper nicht stimmen könnte und er sich deshalb vielleicht anders drehen sollte. Er lehnt sich hinaus.

»Was denkst du?«

Was für Fragen der plötzlich stellen kann.

Er lehnt sich noch weiter hinaus, so daß auch alle Nachbarn ihn sehen können.

»Die haben ja den Rasen da unten zubetoniert«, sagt er und schnippt seine Zigarette hinaus. »Ist mir vorhin gar nicht aufgefallen. Sieht ja beschissen aus.«

»Ja.« Sie greift an das Kopfende vom Bett und knipst die Leselampe an.

»Komm her.«

Er dreht sich um. Sie hat das Buch von Wendisch in der Hand.

»Lies«, sagt sie. »Lies mir vor.«

»Oktober 1942 legte das Schiff weit von Shanghai entfernt an. Von Bord ging die Frau des Arztes ohne ihren Mann. Ein junger Passagier hielt sie am Arm fest, bevor sie aussteigen konnte. Die letzten fünfzehn Tage hatten sie im Nebel verbracht.« Clemens liest laut. Es ist, als sähe sie ihn das erste Mal ganz, während er für sie liest. Fast auf einem Ton, neugierig und vorsichtig und behutsam mit jedem Wort, tastet er sich mit der Stimme an. Er findet den Ton, weil er sucht.

Beide liegen sie in die gelbe Lichtlache der Leselampe

getaucht. Clemens blättert um und biegt das Buch gewaltsam auseinander, bis der Einband leise knackt.

»Mann, Vorsicht. Buchrücken sind Engelsrücken.«

»Aber das mach ich doch mit dir auch so.« Er grinst. Clemens muß als Kind ein zufriedener bunter Holzklotz gewesen sein. Solche Klötze hat es in Fedes Generation noch nicht gegeben. Oder sie hat nicht mit solchen gespielt.

»Lies weiter.«

»An einem heißen Januartag gegen Ende des Monats drehte der Wind.«

»Du liest nie laut?« fragt Fede.

»Ich lese nie.«

»Gefällt es dir trotzdem?«

»Wenn es dir gefällt, meine Süße.« Er versucht sie zu küssen.

»Lies weiter.« Sie sieht andächtig zur Zimmerdecke.

»Nachdem er still gebetet hatte, sah er eine Reisende eintreten, durchnäßt wie eine Schiffbrüchige und von den Kindern bestaunt.«

Er liest, und sie lernen sich noch einmal kennen.

Noch einmal wirft Clemens an ihrem ersten Schützenfestabend im Mai sein Feuerzeug in den Gulli vor ihrem Haus und fragt: Hast du da oben Feuer? Noch einmal sagt er Anfang Juni: Du hast 98 Punkte, und sie schweigt. Ja, nur 98 Punkte, denn du bist nicht richtig blond und du kannst nicht Skifahren, außerdem bist du jetzt dafür zu alt. Noch einmal ist es Oktober, und sie murmelt in seinem Arm im Halbschlaf: Der Baum da, ganz gelb. Und noch einmal fängt an dem Tag mit der Herbstkälte etwas Neues an zwischen ihnen, aber anders als damals. Nicht diese unverbindliche Vertrautheit, sondern eine Zukunft und eine Verschworenheit. Noch einmal geht er an jenem Morgen mit Hemd aus der Hose zur Tür hinaus, wie im Sommer, und sagt, ohne sich nach ihr umzudrehen: Jetzt hast du 99 Punkte. Er meint es ernst.

Clemens klappt das Buch zu. Aus Wendischs Geschichte ist seine geworden, und Fede strahlt ihn an.

Eine Woche später. Clemens kommt gegen sechs. Es ist schon dunkel, und beim Coop verkaufen sie die ersten Weihnachtsbäume.

Wenn es klingelt, schaltet Fede seit einer Woche gleich das Deckenlicht aus und die Lampe neben dem Bett an. Sie liegen eine Zeit ineinander verschlungen, lieben sich oder lieben sich noch nicht, bis sie sagt: Los, lies. Sie schlägt das Buch an der Stelle auf, wo sie Wendischs Geschichte am Tag zuvor verlassen haben, und denkt an etwas anderes dabei. Daran, was nach dem Lesen kommen wird, und daran, daß nachher sie an den Moment jetzt denken wird. Oder daran, daß sie auch in diesem Jahr keinen Baum kaufen wird. So sitzen drei Momente auf einem und machen das Leben weniger schlimm. Später dann schlafen sie ein, er zuerst, und sie schaut im Dunkeln manchmal überrascht zu ihm hinüber, nicht wie früher wegen seiner Schönheit, denn die hat längst die Nacht verschluckt. Sie schaut ihn an und würde gern hinter seine geschlossenen Lider sehen. Dann schließt sie selber die Augen und erinnert sich. Als sie als Kind zum ersten Mal mit der Mutter in der Metro von Paris war und sie beide bei der Bastille einstiegen, in die Linie, die bis zur Endstation unterirdisch fährt, da hat sie, Fede, sich gleich in den Zug gedrängt, hat diese junge Mutter vom Land am Rock als erste mit durch die schmatzende Tür gezogen, kaum daß die offen war, und hat gerufen: Mama, Mama, schnell, damit wir einen Fensterplatz bekommen.

Fede öffnet die Augen. Jetzt ist es im Zimmer dreifach dunkel, wenn man die Dunkelheit von Flur und Bad mitzählt. Sie tastet nach Clemens' Hand, und er, im Schlaf, erwidert den Druck ihrer Finger. Ja.

5.

Und noch eine Woche später hat es richtig angefangen zu schneien. Die älteren Frauen im Dorf haben längst ihre Kopftücher unter dem Kinn fester gebunden. Magere Flocken, fast noch Tropfen, fallen senkrecht unter der Straßenlaterne auf den Asphalt. Sie steht am geöffneten Fenster. Der Straßenlärm läßt nach, wie immer bei Schnee, wie immer am Abend. Als ob die Stadt, als ob die Welt sich vom Haus entferne. Nur die Geräusche der Nachbarn rücken näher, die Vorabendserie im dritten, der Dauerschnupfen im fünften, das Baby, das zahnt, im ersten Stock. Am Straßenrand hält der dunkelblaue Peugeot. Als seine Fahrertür sich öffnet, hört sie diese Musik, die sie nicht mag. Dann das Geräusch der Autoantenne, die hineingefahren wird. Sie schließt das Fenster. Das dünne Tuch Schnee unter ihrem Fenster bleibt unberührt. Clemens fährt nie auf den Anwohnerparkplatz.

Er steht in der Tür, in seinem dunklen Vertreteranzug, und lockert den Krawattenknoten. Ich muß gegen zehn noch mal weg, sagt er, lächelt dabei und schließt die Lider. Wieder ihr Wunsch, dahinterzusehen. Wieder der Wunsch, dort zu sehen, was sie sich wünscht. Sie stellt sich vor, er küsse sie in die Beuge am Hals, und sie ließe die Knie auseinanderfallen, er küsse ihre Schläfe und sie lächele, er küsse ihren Puls, und sie öffne die Fäuste. Sie schließt die Etagentür, nimmt seine Hand und führt sie von der Gürtelschnalle abwärts über den Reißverschluß seiner Hose. Er sagt nichts, aber sein Gesicht. Sie öffnet die Schnalle, zieht den Gürtel mit einem Ruck aus den Schlaufen und läßt ihn am ausgestreckten Arm baumeln. Das hier, sagt sie laut, ist eine Verhaftung. So sind die Frauen, widerspricht ihr Lächeln, wenn der Wind einmal weht, weht er durch jede Ritze. Ach, lesen wir heute abend nicht? Er ist erstaunt, dann schaut er auf den Gürtel. Los, ausziehen, sagt sie. Er schaut sie an, ohne mit den Wimpern zu zucken. Sie faßt sich ins Gesicht. Es ist anders geworden? Ein kleiner gelber Winterapfel? Die Haut sitzt nicht mehr fest auf dem Fleisch? Ob man sich verbraucht, ob man neu wird bei der Liebe? Zieh dich aus, sagt sie, und er und sie sitzen noch einmal im Auto, auf dem Parkplatz, vor der Oper Straßburg, wie neulich. Er knöpft im Stehen das Hemd auf, wie immer von unten nach oben, und fragt, warum. Es gibt keinen Grund, es ist nur näher, sagt sie. Das Hemd fällt auf die Schwelle. Los, und sie stößt ihn gegen den Türrahmen, erst mit den Händen, dann mit ihrem ganzen Körper. Dann lehnt sie sich wieder zurück an den Pfosten ihm gegenüber. Das ist ihr Spiel. Sie treiben sich gegenseitig in die Hitze und versichern sich danach der Kälte. Plötzlich aber ist Fede nicht mehr sicher, ob das bei ihm ebenso gilt, und vielleicht nur, um wieder sicher zu sein, was gilt, stellt sie sich vor: Eines Sonnabends, mittags, in fünf oder sechs Jahren, kommen sie mit ihren Rädern vom Wochenmarkt und sind mittlerweile zu dritt. Clemens, sie, und auf ihrem Gepäckträger das Kind. Ein Junge, fünf, und mit einer Sonnenblume in der Hand. Und an diesem Samstagmittag, als das Kind mit der freien Hand versucht, bei Coop in den Kleiderständer mit den Sonderangeboten zu fassen und die neue Verkäuferin zufällig in die Tür gelehnt steht, raucht und lächelt und beides sehr langsam tut, an ebendiesem Mittag in fünf oder sechs Jahren, da schiebt Fede ihr Rad mit dem Kind nah an die andere Frau heran, damit sie dem Jungen über den Kopf streichen, und »schönes Kind, schöne Blume, schönes Wochenende« sagen kann, während die rote Markise ein sanftes rosa Licht auf die Szene wirft. Und in diesem Licht, oder vielleicht auch wegen dieses Lichts, fragt Fede leise die andere Frau, was sie denn koste. Was sie denn koste, die Frau. Dabei dreht sie sich zu Clemens um, der an dem Tag Geburtstag hat. Der Blick der Verkäuferin streift erst das Kind, dann Fede, dann den, der Geburtstag hat. Ihre Wimpern sind lang, bis zu ihm hinüber. Und da ist ein seltsames Geräusch, das Fede als Mädchen schon kannte, aber über das sie nie gesprochen hat.

Das Geräusch zwischen den Beinen von einem Mann.

Fede öffnet die Augen. Clemens steht nackt am Türpfosten gegenüber. Einer von ihnen wird bald schon zum Kühlschrank gehen, fragen, was willst du trinken, als sei nichts geschehen. Sie sind knapp einen Meter voneinander entfernt. Der Abstand ist für jede Fantasie groß genug.

Auf der Digitalanzeige ihres Radioweckers ist es halb zehn, als er sein Hemd wieder zuknöpft. Was tust du? Mich wieder anziehen. Du gehst? Ja, ins Kino. Jetzt noch, und in welchen Film überhaupt? In den, in den du mit mir nicht gehen willst, weil dir das Plakat nicht gefällt. Mit wem gehst du denn? Die Frage kommt kläglicher, als sie gewollt hat. Mit einer Bekannten.

Mathilde?

Richtig, Mathilde.

Gruß an den Papagei! Fede verstellt die Stimme zur Papageienstimme.

Während er unten den Schlüssel in die Wagentür steckt, öffnet sie oben das Fenster. Er gehe aber auch in jeden Film, der ein großes Plakat habe! klingt es zu fröhlich auf die stille Straße hinunter. Er lacht, legt den Kopf in den Nacken, küßt zwei Fingerspitzen und schlägt sie in ihre Richtung aus. Ein Taxi fährt vorbei und verschluckt fast seine Antwort. Komme gegen eins zurück, darf ich?

Ob er dann schon gegessen habe?

Er zeigt ihr einen Vogel.

Dann ist die Straße leer. Niemand mehr da, nicht mal mehr einer, der langsam vorbeigeht. Was wird Clemens jetzt tun? Und was wird er dann tun? Und was wird dann sein? Sie, Fede, wird nichts tun, aber das mit Haltung. Was wird der Papagei tun, wenn Clemens bei Mathilde zur Tür hereinkommt? Geht-ihr-jetzt-vögeln-los-geht-vögeln, wird er krächzen? Was wird Mathilde tun? Das Tuch nehmen und es über den Käfig werfen? Und dann? Die beiden?

So ist das. Erst ist man traurig, dann einsam, dann allein, dann schaltet man den Fernseher ein. Fede drückt auf die Fernbedienung. Jemand mit Wiesen und Pusteblumen im Hintergrund empfiehlt ihr, das Deo zu wechseln. Sie haßt Pusteblumen, die haben immer so etwas Befruchtendes. Sie nimmt ein Bad. Als sie das Unterhemd auszieht, ist da ein dürres Geräusch von Stoff auf Haut. Sie legt sich in die Wanne, das Wasser reicht bis zum Kinn, der Schaum knistert in kleinen ebenmäßigen Hügeln vor ihrer Nase. Ja, solange es ein Bad gibt, lohnt es sich zu leben. Sie löst sich im warmen Wasser langsam auf. Im Fernsehen wird es später einen alten Film mit Romy Schneider geben, sie wird erst eine halbe Flasche Wein dazu trinken und dann die andere Hälfte auch noch und wird, wenn sie sich eine Zigarette anzündet, meinen, sie habe das Gesicht von Romy Schneider.

Später, als Mitternacht bereits vorbei und sie fast eingeschlafen ist, hört sie, wie irgendwo im Haus sich sanft eine Tür öffnet, hört sie Pantoffeln im Flur, hört den Aufzug surren, und dann die Pantoffeln auf einem Korridor, der zu ihr führt. Sie steht auf, um Wasser zu trinken, und hebt beiläufig den Gürtel von der Türschwelle auf und geht danach schnell ins Bett zurück. Regen fällt da draußen auf den Schnee und wäscht vielleicht bis morgen die Welt ganz fort. Sie schläft ein und hat mehrere kurze böse Träume. Um Viertel vor zwei klingelt es. Sie dreht sich um, merkt, ihr Nacken ist starr vom Warten. Bloß nicht aufstehen und hingehen, sonst erfüllt sich ein Alptraum, den sie seit langem schon hat. Vor der Tür steht nichts als Schwarz. Nur Schwarz. Nicht einmal Nacht. Nicht einmal niemand. Jetzt öffnen? Nein, denn dann dringt die schwarze unversöhnliche Einsamkeit des Sternenhimmels ins Apartment ein. Noch einmal hat es geklingelt. Sie schleicht sich zum Fenster und sieht, daß da ein Taxi steht auf der anderen Straßenseite. Der Motor läuft, aber weder der Fahrer noch ein Gast sind zu sehen. Sie geht leise in die Küche und setzt Teewasser auf, den Kessel füllt sie bis zum Rand, obwohl sie soviel Wasser für sich allein gar nicht braucht. Als sie zum Fenster zurückkommt, fährt das Taxi gerade fort, und sie glaubt, vier Schlußlichter zu sehen. Noch immer macht sie kein Licht im Zimmer, öffnet aber das Fenster, holt eine Wolldecke, die rote, die frisch nach Weichspüler riecht, und setzt sich auf die Fensterbank. Sie schaut in die Nacht hinaus. Auf der einen Seite, links, ist der Horizont heller, ein lichter Streif. Auf der anderen Seite ist es finster. Sie schaut in die Nacht hinaus, bis die Dunkelheit ihr auf die Augen drückt und sie, in die Wolldecke gehüllt, auf der Fensterbank einschläft. Auf dem Weg in den Schlaf begegnet sie einer Frau mit langem, sehr glattem, aschblondem Haar bis zum Hintern, die sie endlich fragen kann. Wo geht es denn hier zum Kino? Unter den langen Haaren trägt die Frau eine Polizeiuniform. Zum Kino? Die Frau streckt einen ebenfalls sehr langen Arm aus. Immer geradeaus, bis zur nächsten Kreuzung, dann rechts, und dann den Baum hoch.

Da pfeift der Wasserkessel, und Fede fällt. Sie fällt aus dem Traum heraus hinunter auf die Straße, sechs Stockwerke tief, und denkt im ersten Moment: Scheiße, schon wieder aus dem Bett gefallen. Aber sie fällt noch immer. So lange dauert das doch sonst nicht, daß sie dabei drei Gedanken haben kann. Ich falle wirklich, nein, nicht aus dem Bett, nein, jetzt wird es ernst, ich falle auf den Anwohnerparkplatz direkt unter meinem Fenster. Ich falle so schnell, daß mein Schutzengel mir nicht folgen kann.

Die Frau bin ich.

Der Wasserkessel pfeift, da oben im sechsten Stock auf ihrem Herd, pfeift so laut aus dem geöffneten Fenster in die kalte Winternacht hinein, daß wegen des Lärms nach und nach kleine häßliche gelbe Quadrate überall im Haus aufflackern, über ihr.

Inhalt